「これからよろしくね、お兄ちゃん」
PROFILE
一ノ瀬 涼風
SUZUKA ICHINOSE
主人公・嵐山新太の
義妹になった美少女ギャル。
自他共に
"なーんにもできない"と
認めるほど
私生活はポンコツだが、
彼女には唯一
できるコトがあって……？
100%
JN110272
【love life with kamieshi GAL sister】

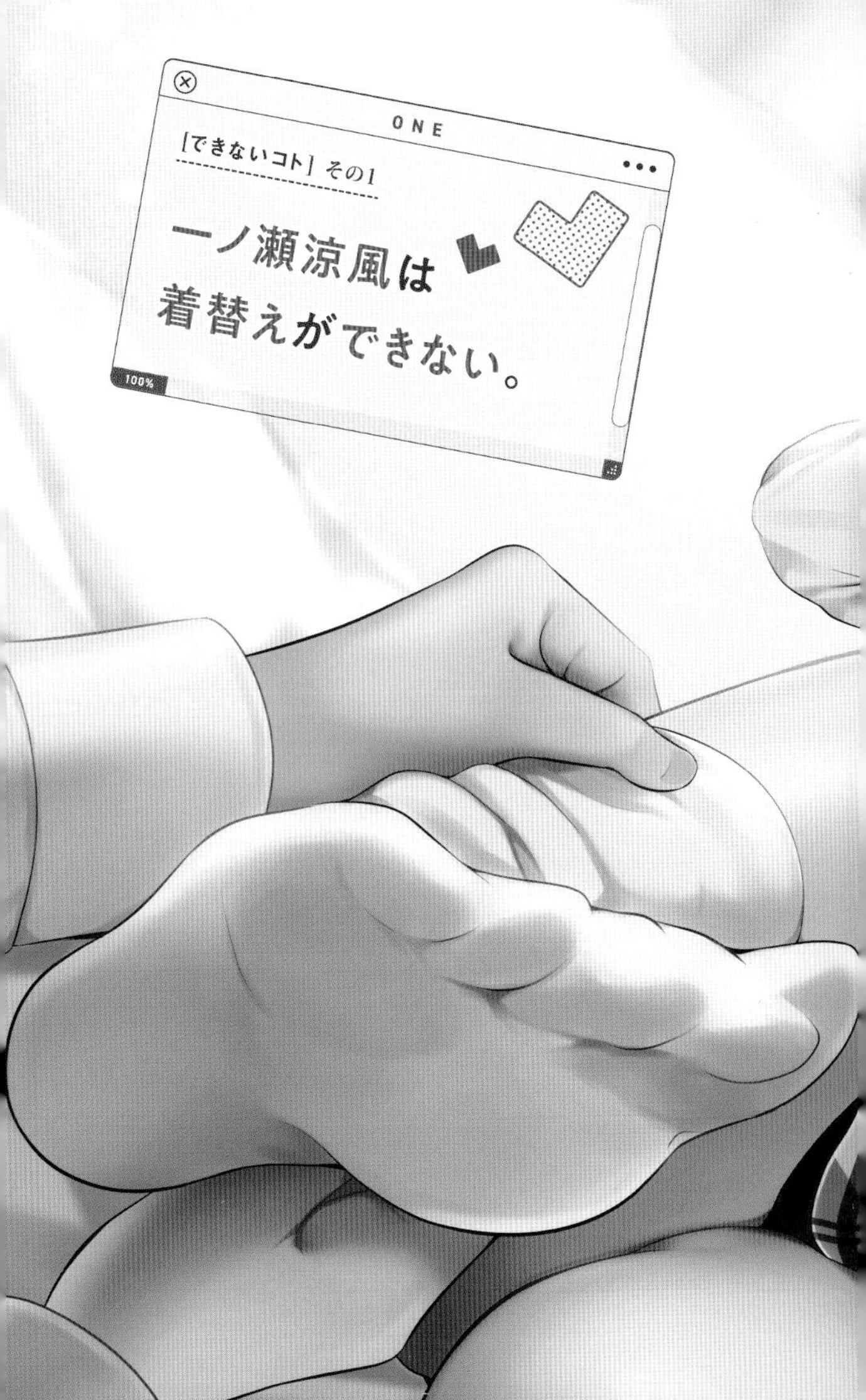
ONE
[できないコト] その1
一ノ瀬涼風は
着替えができない。
100%

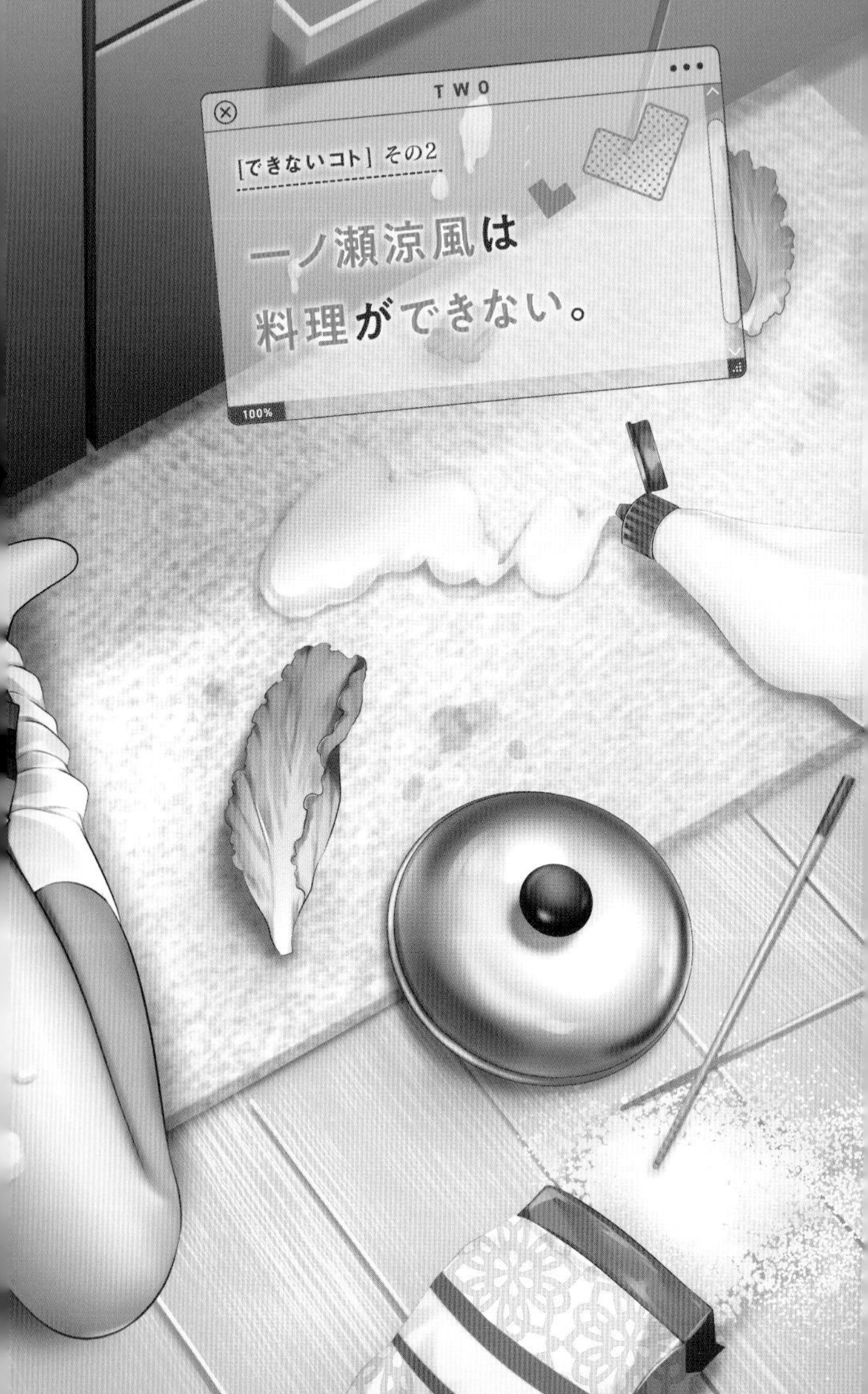
TWO
[できないコト] その2
一ノ瀬涼風は
料理ができない。
100%

THREE
[できないコト] その3
一ノ瀬涼風はひとりで眠れない。
100%

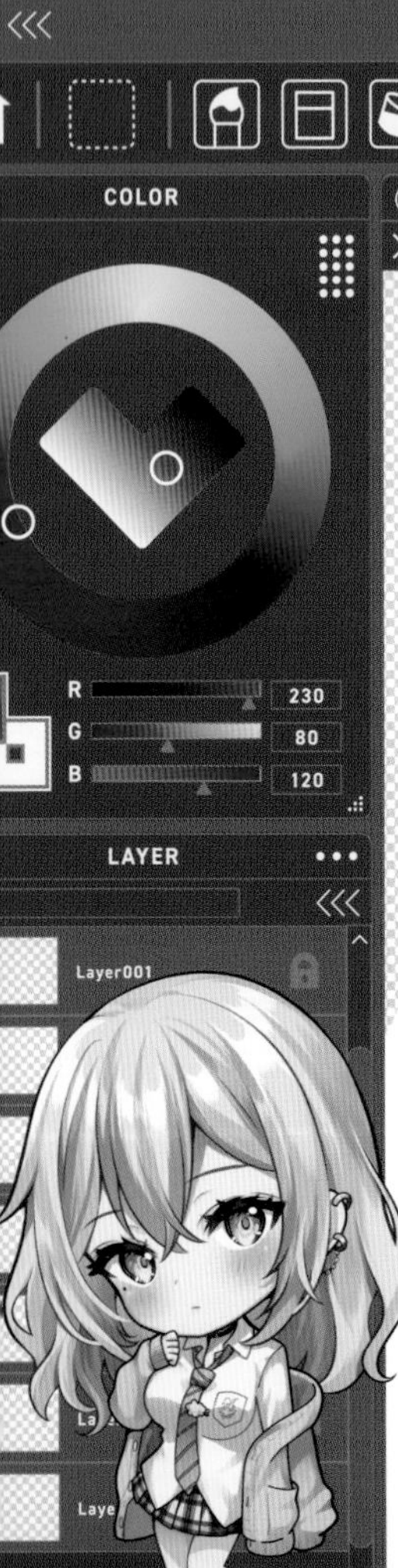

VOLUME ONE

CONTENTS

口絵・本文イラスト／ゆがー

デザイン／AFTERGLOW

なーんにもできないギャルが唯一できるコト

鈴木大輔

角川スニーカー文庫

23645

最初に言っておく。

この物語にはセンシティブなシーンがあります。

具体的には語り部（かたりべ）の俺と、物語の中心になる女子との、ちょいエロな描写があります。

苦手な人はページを閉じてほしい。とはいえ年齢制限には引っかからないから、気にしない人はこのまま読み進めてください。


それともうひとつ言わせてくれ。

これは宝くじの当たりを引く物語だ。

知ってるか？　宝くじの歴史上、最大の当選額はおよそ二千億円なんだとさ。

夢みたいな金額だよな？

空想か妄想みたいなラッキーだと思うよな？　アニメショップをビルごと、いや会社ごとお買い上げしても、まだ楽勝でおつりがくるんだぞ？　勝ち組確定、いきなり人生大逆転のアンビリーバボーだ。

でもそんな当たりくじを引くヤツが、世の中には確かに存在する。

その事実を前提にここからの話を聞いてもらいたい。

†

前置きが長くなりました。
不肖、嵐山新太(あらしやましんた)。語らせて頂きます。

第一話 ⊗ 始まりはサービスシーンから

[love life with kamieshi GAL sister]

このご時世、ギャルって人種はどこにでもいる。

もちろんここ、私立青原学園の二年A組だって例外じゃない。

ただし。

ギャルのレベルの高さに関しては、そんじょそこらの学校とは訳が違う。

†

「いいよなー一ノ瀬って」

ボソッと呟かれた声に、俺はスマホの画面から視線を上げる。

「……何の話？」

「だからー。一ノ瀬だよ一ノ瀬。一ノ瀬涼風」

友人A・富永がうっとりした顔で言う。

「ちょっとミステリアスっぽくてクールなところがたまらん。いつも静かに微笑んでてさ、口数は多くないんだけど、たまにしゃべると周りがみんな注目しちゃう、みたいなの。そういうの好きなんだよなー」

「わかる」

友人B・池沢が同意する。

「なんていうか、座ってるだけで絵になるんだよ。手足伸ばしてスマホ見てるだけなのに、やけに雰囲気あるっていうか、他とちがうっぽさが出るっていうか。しかもイキっててそうしてるんじゃなくてさ、自然体な感じでそうなんだよ一ノ瀬って」

「それそれ。何考えてるかわかんないんだけど、だからこそイイっていう」

「わかるわー」

「っすよねー」

富永と池沢は、ふたりして幸せそうなため息をつく。

「……いちおう確認したいんだが」

俺は友人ふたりに訊いた。

「お前らって、一ノ瀬と何か接点あった？」

「一度だけ『おはよう』って言われたことがある」

「一瞬だけ目が合ったことがある。あれはぜったい僕を意識してるね」

「……そっか」

相づちだけ打って、俺はスマホの画面に視線を戻した。

語るに落ちた、というやつだろう。

俺たちみたいな、学園ヒエラルキーの下から数えた方が早そうなメンズがどんな印象を持ったところで、ギャルグループ御一行様には何の影響もない。

新学期が始まってまだ二週間足らず。

その間の最大のトピックスは間違いなく、彗星のごとく現れた転入生だった。

一ノ瀬涼風という、名前からして勝ち組そうなその女は。もとより高値安定だった青原学園のギャルたちに、戦慄をもって迎えられた——

たぶん。

そうなんだろうと思う。

詳しくは知らない。だって接点ないから。

でも俺がギャルだったらぜったい戦慄する。

世界の常識だ。『戦力差が違いすぎる相手とは争いが起きない』。

死ぬほどレベルの高いギャル転入生が、既存のギャルグループにあっさり受け入れられたのは、そういうことなんだろうと推測する。競っても勝てる見込みがない相手が現れた時、多くの場合、人々は迎合するものだ。ウチのクラスに元からいたギャルたちの反応は、まさにそんな感じだった。

「はぁー。マジお近づきになりてー」

「俺も俺も」

友人AとBが、お熱い視線で教室の窓際を見ている。

俺もそっちを見た。

クラスのギャルが四人いる。

何の話題で盛り上がっているのか、きゃいきゃいと黄色い声をあげているそいつらの中で、とりわけ目立ってるヤツがいる。

もちろん一ノ瀬涼風だ。

ギャルグループの会話に時おり相づちを打ちながら、どうとでも受け取れそうな微笑を浮かべている女。

長い手足。小さい顔。遠くから見てもわかる肌のきめ細かさ。ギャル文脈を押さえながらも個性を失わないファッションセンス。

それより何より、周囲を暴力的に黙らせるレベルの、圧倒的なツラの良さ。

「お近づきになりてー。っていうか、いろいろお願いしたい」

「わかる。お願いしたいよな。何がとは言わんが」

友人ABが身も蓋もない発言をしているが、俺も心の中で同意である。

だって胸、でかいから。

何センチとか何カップとかは知らんけど。大きいです。胸を強調している着こなしってわけじゃないのに、とにかくサイズ感が凶暴。

あの身体(からだ)の細さで胸もあるって、もはや反則じゃないか。

ツラもスタイルもファッションも立ち居振る舞いも、すべてが一級品。

クラス中の、いや全校中の男子が、いや女子も含めて、否応(いやおう)なく視線が吸い寄せられてしまう人間メイルシュトローム。ハマったら最後、二度とその渦から抜け出せない。

いわば見映えの鬼。

それが一ノ瀬涼風という女。

「こえーよ、むしろ俺は」

スマホの画面に目を戻して俺は言った。

「あんな女、どうせ扱いきれん。君子危うきに近寄らずだ——それに俺にはもっと大事なモンがあるからな」

スマホの画面に集中を戻す俺に、友人ＡＢが呆(あき)れ声をあげる。

「またそれか」

「なんかすごそうだな、ってのはわかるけどな」

俺が見ているのはTwitterだ。

より正確には、Twitterに昨夜アップされた、俺が『神認定』したイラストである。

「はあ……マジ尊い……」

「そんなにいいんか?」

「ていうか表情がやばいよ新太。やばい薬キメてるみたいになってるよ」

「表情ぐらいやばくもなるわ。お前らにはこのイラストの尊さがわからんのか? 萌えもエモも両方満たして、それでいて主線をごまかさず、シンプルな構図に真正面から向き合うこの、蛮勇じみた度胸の良さというか、無神経さというか――とにかくな、こういうのは一握りの天才にしかできない仕事なんだよ。売れようっていう色気がなさすぎて、まだフォロワーは数千人しかいないけど、近いうち間違いなくフォロワー数十万を超える神絵師になれるスペックが――」

「始まったよ」

「求められてもいないのに説明始めるヤツね」

「自称『神絵師ハンター』だからな」

「自分で言っちゃうあたりが、あまりにもアレすぎるよね」

「あえて問題をあげるとするなら、モチーフがいささか単調になりがちというか、いつも同じキャラばかり描いてる気がすることだが……しかも、なんだかどっかで見たことがある誰かのような気がするんだが……いや、でもそんなのは些細な問題なんだ。神絵師の卵であるこのクリエイターの価値を損ねることはいささかもなく――」

「そしてツッコまれても説明をやめない」

「その鋼メンタルだけは尊敬するよ」

「おいこら。お前らだって割とオタクなお仲間だろうが。むしろ沼にハマれない自分を恥じろ。あるいはさっさと自分の沼を見つけてハマって、俺のステージまで上がってこい」

……とまあ、偉そうにドヤ顔してる俺だが。

〝俺のステージ〟なんて高が知れている。

意味不明なキラキラ空気を周囲に放つ、声も態度もでかければ行動も図々しいアルファな存在のギャル様たちを遠巻きに眺め、たまにアップされる神イラストを鑑賞しては悦に入る高校二年生。

それがこの俺、嵐山新太のすべてだ。

別に不満はないけどな。

むしろ満たされている方だと思ってるけどな。

分相応ってやつが誰しもある。俺にとっては、これぐらいがちょうどいい。

「はーい、席ついて席ー」

きーんこーんかーんこーん。

休み時間の終了を告げるチャイムが鳴り、英語教師が出席簿を叩きながら教室に入ってくる。

この瞬間だけはおおむね全校生徒が平等だ。ギャルもオタクもヒエラルキーに関係なく、わいわいどやどやと自分の席に戻り、授業が始まるのを待つ。凡庸の域を出ない、底辺以上、進学校未満の我が校にふさわしい、逸脱(いつだつ)を良しとしない日本人らしさ満点の均一的行動プログラム。

その中でもひとりだけ。

やっぱり目立ってしまうヤツがいる。

何度も名前をあげて恐縮だが、一ノ瀬涼風。

名前のとおり涼しげなこの女は、この期におよんでもスマホをいじっている。文明の利器にはひときわやさしいウチの学校だが、さすがに授業中はあかん。

『おい、やめとけよ』

ひとこと言ってやろうとも思うが、相手はキラキラのギャル様。俺みたいなヤツが声を掛けるのはためらわれる。それにこいつ、涼しい顔で微笑んでいたりする。まったく悪びれないというか、周りのことを気にしていないというか。まるで自分の部屋でくつろいでるみたいな自然体というか。

ギャルとは強者である、とあらためて思う。

一ノ瀬涼風からは、不良とかヤンキーとかオラってるイメージはまったく感じないが、ナチュラルに意のまま振る舞うのが強者のゆえん。

まあ妥当だよ。

見た目の良さは有無を言わせないパラメーターで、周囲への圧力でもある。一ノ瀬涼風はそのように振る舞うだけの〝格〟がある。

授業が始まった。

幸い、英語教師の目は一ノ瀬涼風に向けられていないらしい。開くべき教科書のページを指定し、こちらに背中を向けて黒板に英単語を板書する。

その段になってようやく、一ノ瀬涼風は「……ん」と納得したように頷き、スマホを仕舞った。他人事ながら俺もホッとする。

と思ったのも束の間だった。

「あれえ？」

カバンを開けて教科書を探しているらしい一ノ瀬涼風が、小さく声を出して首をかしげた。その仕草で俺はすべてを察する。

「ね、キミ」

一ノ瀬涼風がこちらを見た。

微笑みながらこう言った。

「見せてくれる？　教科書」

……大事なことを言い忘れていた。

一ノ瀬涼風の席は、俺の席の隣なのである。

「お、おう」

俺はうなずいて、自分の机を彼女の机に寄せた。

離れた席に座っている富永と池沢が『ふざけやがってあの野郎』『なんであいつだけ』という顔でこっちを見ているのが視界の端に映る。

ここでひとこと謝っておこう。

宝くじの当たりを引いたのは俺です。

圧倒的スペックのギャル転入生は、俺の隣の席です。

富永も池沢も、そして他のどんな同級生もゲットできなかった役得。それが俺に回ってきたんです。他のやつらにはない『接点』が俺にはあるんです。

分不相応で申し訳ない。

でも当たりを引くやつはいるんだよ。人生という名の宝くじにはちゃんと当選の番号が入ってるんだ。当たるかどうかは運次第だけど。

「ありがと」

腕と腕が触れあう距離。

並んで教科書を開いた俺に、一ノ瀬涼風は微笑みながらお礼を口にする。

そんな仕草も自然体。

そして微笑みの威力が爆弾なみ。

そんじょそこらのギャルとはひと味ちがう神対応に、俺は「お、おう」と返すしかない無様っぷり。

でも気にしない。

この近距離で神レベルの美少女ギャルと会話できるのだ。富永と池沢の怨嗟なんて、今の俺には選ばれし者への賛美歌にしか聞こえない。運だけで一般人からVIPへと華麗な転身を果たした俺を、せいぜい崇め奉ってくれ。

あと何度も言うけど胸がでかいからな？

どちらかというとクール系の一ノ瀬涼風だが、そのへんのフェロモンはすっごいからな？　腕と腕が触れあう距離でそんなギャルと接している俺は、もはや現人神だと思うのだ。崇め奉ってくれていいんですよ？


……さて。

あらかじめ言っておくけど、このエピソードはフラグである。

この時の俺はまったく気にしていなかった。

一ノ瀬涼風が教科書を忘れるのが早くも十回目であるという事実も、突発のラブコメ的イベントとしか受け取っていなかったんだ。

今にして思えば浅はかである。

世の中には宝くじの当たりもあるが、過ぎたるは及ばざるがごとし、って言葉もあるんだよな。

†

転機は一本の通話からだった。

『妹ができるぞ』

開口一番に父は言った。

その日、学校からの帰り道である。

オタク系の某専門店に寄り道して、様々な神絵を浴びるように摂取して、いいかげん陽(ひ)が落ちて暗くなり始めて、そろそろ家に着くか、という頃合いのことだ。

父の言葉を聞いて俺は固まった。

足を止めてしまったのは横断歩道のど真ん中。

一瞬のうちに様々な思考が頭をよぎったが、かろうじて車からクラクションを鳴らされる前に歩き始めることはできた。

歩きながらスマホに向かって話しかける。

「再婚するってことか？」

『うん』

簡潔に父は肯定する。

生まれてこの方ずっと付き合ってる父だ。どんな人物なのかはよく知っている。気弱で温和で真面目、だけどごくたまに突拍子もないことをやらかすタイプ。まさにこの時もそうだった。いまだかつてないレベルの突拍子のなさではあるが。

「わかった」

俺も簡潔に返した。

「母さんが死んでもう十年になる。俺も高校生になった。自分のことはあるていど自分でできる。タイミングとしては悪くないと思う」

『うん。ありがとう新太』

「つってもいきなりすぎるわ」

『ごめんな。うまく伝えるやり方がわからなくてな……』

「それにしてもひとことめが『妹ができるぞ』はない」

『ごめん』

申し訳なさそうな父。

まあこういう人だってことはわかってる。本気で責めてるわけじゃない。さすがに急な話すぎて、俺の方もどう返したらいいかわからないだけだ。

ここで素直におめでとう、と言えるのが、たぶん大人なんだろうけどな。

『それともうひとつ、伝えなきゃいかんことがあるんだが』

「ん？　これからの家族計画についての相談とか？」

『それもある。でも父さんはあんまりしゃべるのがうまくない』

「まあ知ってるが」

『いちばん大事なことは自分の口で伝えられたと思う。だからあとは、そういうのが得意な人に任せようかと』

「……？」

『ハローもしもし？　聞こえてるかな？』

知らない人の声に代わった。

女の人だ。明るくはきはきした、ノリのよさそうな声。

『こんにちは。はじめまして新太くん』

「あ、はい。どうも」

『正人（まさと）さんと――お父さんと結婚させていただきます、侑子（ゆうこ）と申します。よろしくね』

「あ、はい。こちらこそ」

『正人さんってこういう人だから——新太くんも知ってると思うけど、不器用な人だから。ここからはわたしから話させてもらうわね。まあそういう人だからこそわたしも再婚しようって気になったんだけどねっ』

……なんていうんだろうか。

これは俺の偏見かもしれんけど。

父と再婚するというこの侑子さん。いかにも〝昔ギャルやってました〟って感じの印象である。

強者、の雰囲気があるのだ。

無理してそうしてるわけじゃなく、生まれながらにしてそうだった、って感じの。

最近見知ったばかりの【誰かさん】と、ある意味ではよく似ているような……。

そのことも影響してるのだろうか。この状況は割と無茶な流れだと思うんだが、不思議と俺は受け入れてしまっていた。

「お幸せそうで何よりです。おめでとうございます」

『ありがとう。そう言ってもらえて助かるわ。本当は直接会って伝えるべきだ、ってことはわかってるんだけど、今回だけは許してね。積もる話は戻ってきてから、ってことでお願いするわね』

「戻る？　どこか遠いところにでもいるんですか？」

『ううん。これから遠いところへ行くの。わたしと正人さんのふたりで』

「……？」

『ちなみに今、正人さんは両手を合わせてあなたのいる東京の方を拝んでます。今回はわたしが無理を言ったことだから許してあげてね？』

話が見えない。

スマホのスピーカーから、何やらアナウンスが流れているのが聞こえる。父と侑子さんが今いる場所を示す手がかり――国際便の何番とか、どこそこゲートが何だとか。

……いや。まさかとは思うが。

「侑子さん」

『なあに？』

「うちの父と、今どこにいるんです？」

『んーとね、成田空港です』

成田空港。

『これから新婚旅行に行ってきます』

新婚旅行。

『どうしてもここしかスケジュールが合いそうになくて……それで急な話だったけど、まあ新婚の勢いで、ね？』

ははあ。なるほど。

俺はうなずいた。気づけばまた足が止まっている。耳に入ってくる言葉の意味は通じているが、理解が追いつかない。

『生活費のことは心配しなくていいって。お小遣いも兼ねていつもより多めに引き出せるようにしておいた、って正人さんが』

「ああはい。そうですか」

『新太くんはしっかり者だから大丈夫だ、って、これも正人さんが。お料理もお掃除もお洗濯もお手の物だし、安心して任せられるって。それと娘のことをよろしくね？　ちょっと手の掛かる子だけど、悪い子じゃないから──ああごめんなさいっ、もう手荷物検査を済ませなきゃ！　お土産たくさん買っていくから今回だけわがまま言わせてね！　困ったことがあったらいつでも連絡して！　というかたぶん困ることだらけだと思うけど！　これから家族としてよろしく！』

通話が切れた。

俺は呆然とスマホを眺める。

しばらくしてスマホをポケットに仕舞い、また歩き始めた。

ほとんど本能的な行動。無意識のうちに俺の足は３ＬＤＫの我が家に向かっている。

いやはや。

急展開だなあ、もう……。ついさっきまでの俺は、宝くじに当たってご満悦だったはずなんだが。いやまあ、父さんが幸せを掴んでくれたのなら、文句をつける筋合いではないのか……でもさすがに急な話すぎるよな？　別に俺、怒ってもいいよね？　でも生活費は多めにくれるって……買いたい物がたくさんある……部数限定の神絵師画集とか……

俺は混乱していた。

平静を装えたのは通話だったからだ。父の再婚の意味、これからの生活のこと、新しくできる家族のこと、どうやら義理の妹ができるらしいこと――

急激な環境の変化をいざ認識すると、脳みその処理が追いつかなかった。

だから築十年の自宅マンションにたどり着き、エレベーターで上がり、玄関のドアを開けてしっかり鍵を掛ける段になった時も、俺は違和感に気づかなかった。

俺は鍵を開けた覚えがない。

玄関のドアは解錠された状態だった。

誰かが先に家に入っていたのだ。俺が帰宅する前に。

いつものクセで脱衣場に向かっていた。

制服を脱いで部屋着に着替えるのが俺のルーチンで、脱衣場は当然ながらバスルームを兼ねている。

考えごとをしたまま脱衣場のドアを開けた。

「……あ」

「……え？」

先客がいた。

いや〝先客〟という時点でおかしいのだが。その時の俺は思考回路がパンクしていて、状況をあるがまま、ありのままに受け入れるしかなかった。

半裸の女子だ。

ひとめ見て鬼のようにスタイルがいいとわかった。

シャワーを浴びた後、今まさに下着を身につけているところ、だったらしい。

腕が長い。

脚が長い。

腰が細い。

細いくせに胸がすごく大きい。

何より顔がいい。

濡れた髪が頰にはりついて、その色気にドキリとさせられる。それでいてなんというか、お色気だけじゃなくて、どこか涼やかさすら覚える雰囲気をまとっていて――

ん？

あれ？

立て続けにいろんなことが起こりすぎて頭がマヒしてるけど。

俺、知ってるような気がするな？　この半裸女子。


「キミだったんだ。新しい家族って」


止まっていたのは一瞬。

着替えを再開しながら、そいつはほんのり笑った。

まるでひなたぼっこをしている猫みたいな、その微笑。

見覚えがある。明らかに。

いや明らかに、というか。かなりよく知っている。

だって彼女は同じクラスで隣の席な転入生だから。

「今日からよろしくね嵐山新太クン——あ、お兄ちゃんって呼んだ方がいいかな？」

生まれながらの強者で、スリーサイズのお化けで、顔面偏差値の突然変異。

問答無用のハイレベルギャル、すでにウチのマンションの合い鍵を持っているらしい女、一ノ瀬涼風は。まさかのどうやら、これから一緒に暮らす義理の妹、ということになるらしかった。

†

繰り返そう。

これは、宝くじの当たりを引く物語。

第二話 ⊗ あんたホントに何もできねえな

[love life with kamieshi GAL sister]

①下着姿の女子と遭遇した
②場所はウチのバスルームだった

このふたつだけ取っても、俺の人生においては奇跡に等しいのに。

③その女子は俺と同じクラスで隣の席の、超かわいいギャルだった

最後にでっかいオマケまでついてきた。
一体これは何なんだ？
つまりどういう状況なのこれって？
俺は混乱していた。
だけでなく、凍りついたまま固まってしまった。
いやあ。

こんな風になるんだな、人間って。

想定外のことが起きすぎて、ポンコツのパソコンみたいにフリーズ状態。ただでさえ父が再婚する話を聞かされたばかりでキャパシティーオーバーだったのに。

いや。

でも逆にそうか。うちの父が再婚したからこそ、こんな状況になってるわけか。そういうことならちょっと納得。いやあ、バタフライエフェクトってすごいなあ。

……固まってる、っていうのはある意味で良い言い訳だ。

断じてわざとじゃない。不可抗力であることは強く強く主張しておくけれども。

しっかりと目に焼き付けてしまった。

一ノ瀬涼風（いちのせすずか）という、宝物みたいな女子の、あられもない姿ってやつを。

下着姿——ある意味では意外、別のある意味ではなるほどなんだが。下着の色は黒だった。ついでに言うと、レースたっぷりでシースルーまであしらった、お子様ご禁制、大人っぽさ全力の、めっちゃイケイケなデザインだった。

そしてこちらは、知っていたけれどこの機会にあたらめて確認したこと——下着の色とは反対に、肌の色は白かった。白いだけでなくきめが細かい。触ってもいないのに、すべっすべのお肌だと直感できる。

さらにこちらも再確認。

露骨な表現で恐縮だけど、ものっすごいエロかった。

胸が。大きい。とても。

大きいだけでなく、これはもう語彙力の敗北だと思うが、とにかくエロい。こんなに大きいのに作り物っぽく見えないって、なんの魔法かな？　そのくせ腕も足も腰も細くて、細いけれども絶妙なさじ加減でお肉もついているという、絵に描いたようなバランスの良さを保っているのだから参ってしまう。

制服姿からでもわかっていたことだけど、ほとんど一糸まとわぬ姿の今となってはもうごまかしようがない。この人エロすぎる。いやもうエロいを通り越して神秘的かもしれん。エロいエロいと連呼してすいません。でもエロいんだ本当に。

……何秒ぐらい固まっていただろうか。

数秒では済まないと思う。あまり考えたくないけど、たぶん十秒以上。俺はぶざまに固まってしまっていたはずだ。

その間、一ノ瀬涼風が何をしていたかといえば。

困った顔をしていた。

眉をハの字にして、ほんのり微苦笑を浮かべて。

だけど焦るでも取り乱すでもなく、瞳の色はクリアなままキープして――つまりおそらくだけど、彼女は状況を正確に把握していて。

それでいて、まさに『困ったなあ』としか表現しようのない顔をして。指でほっぺたを搔いたり、横を向いて何度か瞬きしてみたり。

「ええと。ちょっといい？」

それからようやっと口を開いた。

ちなみに声もきれいだ。どこまでも持ってる女。

「できれば目をつむっててもらえるとうれしいかな。もしくはちょっとリビングとかで待っててもらえるとうれしいかな」

自然体すぎて、あるいは色っぽさに惑わされて気づかなかった。

一ノ瀬涼風は、ほのかにもじもじしていた。ほっぺたもほんのり紅かった。

少なくとも今この状況を歓迎しているわけでは、ない。

「…………」

俺はオタクだ。

もちろんモテない。

見た目も成績も、よく見積もって真ん中ぐらい。

ぎり、フツメンあつかいされるかどうか、のポジションでしかないと自覚している。

だけどひとつだけ。これだけは父の教育のたまもので、実践しているモットーがある。

すなわち〝紳士たれ〟。

「――すいませんでしたあああああああああああああっ！」

結果。

俺が一ノ瀬涼風の『兄』として出会ってから最初の行動は、土下座での謝罪と相成ったのであった。

†

「だいじょうぶ。気にしてないよ」

そう言って彼女は微笑んだ。

ウチのマンションのリビング。

L字型のソファーにふたりで座って、ようやくちょっと落ち着いたところ。

「わりとシャワー、よく浴びる方なんだけど。誰もいないからって、勝手に使ったわたしも悪かったから」

「いや……あれは俺が悪かった、です。たぶん予想はできたし。予想できなかったとしても、もっと最適な行動があったと思う。本当にすいませんでした」

「気にしてないんだけどなあ。よくあること、だと思うし」

　さすがと言うべきなんだろうか？

　ギャル様はこの程度のことじゃお怒りにもならなければ、動じることもないらしい。やっぱギャルって強者だよな、と素直に俺は思った。この時はまだ。

「『よくあること』じゃないと思うけどな」

　湯気が立つコーヒーカップを手に取りながら、俺は反論する。

「こんなシチュエーションが『よくあること』だったら、スナック感覚で宝くじの当たりを摂取できるってことじゃんか。……ああいや、ああいう事故を『当たり』だと表現するのは間違ってるか。こっちは加害者で、そっちは被害者なのに」

「あは。おもしろい」

「……面白いとこありました？　今の話」

「うん。『お風呂場でばったりお着替えシーンに出くわした』ことを、『宝くじの当たり』って表現するところが」

「いや本当に。その節はすいませんでした」

「あはは。あやまらなくていいのに」

一ノ瀬涼風は笑った。

それにしても、今さらながらすごい違和感だ。

ウチのリビングのソファーに同級生の女子が、それもハイスペックなギャル様が座っていらっしゃる。シャワーを浴びたあとは制服に着替えているから、違和感がさらに二倍とか三倍になってる感じ。

「ていうか知ってた？　んですか？」

「なにが？」

「結婚のこと。ウチの父と、そっちのお母さんが再婚すること。いつから知ってたんすか？」

「ふつうのしゃべり方でいいよ。名前呼びで」

「ええとじゃあ……一ノ瀬さん」

「涼風でいいから」

紙パックのいちごオーレに口を付けながら、彼女は続ける。

「ちなみにわたしのリクエストも聞いてもらえる？」

「……なんでしょう？」

「キミのこと『にぃに』って呼んでいいかな？」

ぶほっ！

俺は飲みかけのコーヒーを吹き出した。

「――距離詰めるの早っ!?　ていうか同級生だから俺とあなたは！　そっちが『涼風』でいいならこっちは『新太(しんた)』でよくない!?」

「あは。にぃに、リアクションおもしろい」

いやそんなに面白くはないぞ？

そして俺は面白いどころじゃないぞ？

あの一ノ瀬涼風が俺を『にぃに』呼び……だと？

クラスでナンバーワンどころか、学校でもトップに位置する――いや、俺の知る限りこれまで見てきたどんな美少女よりも美少女な一ノ瀬涼風が。俺を『にぃに』と。

なんだろこれ？　変な性癖に目覚めそう。

この当たりくじ、ちょっとオーバーキルすぎやしませんかね？

「キミの方が誕生日が先だって聞いてる」

両手で頬杖(ほおづえ)をつきながら、一ノ瀬涼風はこちらを見て微笑む。

「だったら『にぃに』って呼ぶの、おかしくない？」

「せめて『お兄ちゃん』ぐらいでお願いできないっすか？」

「んー。なんかそれだとつまんない」

「つまらないかどうかの話じゃないと思うんで。そこはどうかひとつ。じゃないと心臓がもたないっす、こっちの」

「ふーん。じゃあとりあえずはそれで」

「というか話を戻させてもらうんすけど。どのくらい聞いてるんすか？　再婚のこととか」

「たくさんはしらないよ。わたしも今日、ママから聞いたから」

ざっと事情聴取したところ、以下のことが判明した。

母親から再婚を告げられたのは、今日の朝だったこと。

私立青原（あおはら）学園に転入してきたのは、どうやら再婚の布石であったこと。

青原学園には同い年の兄になる生徒が在籍していること。『でも誰なのか教えない。だってその方がわくわくするでしょ？』と言って、兄の情報を教えてくれなかったこと。

新婚旅行に出かけるので、しばらくは兄とふたりで暮らしてほしいとのこと。

それにしても情報の告知の順番がおかしいというか、状況の変化が激しすぎるのではないかと疑問を呈すると、母・侑子（ゆうこ）は『ごめん忘れてた』と返してきたとのこと。

母の突飛な行動はいつものことらしく、普通に受け入れたとのこと。

ちなみに涼風母の仕事は、世界を股に掛けるデザイナーだそうで。そんな人を我が父はよく捕まえられたな、と感心したこと――

ちなみにだが。

これだけの情報を聞き出すまでに、かなりの時間が掛かった。

一ノ瀬涼風は集中力がないタイプかつ、あまり物事に頓着しないタイプらしい。話があっちに飛んだりこっちに飛んだりで、会話そのものもスローペースで、いまいち要領を得なかったのだ。

まあ納得ではある。

彼女が転入してきてから二週間。

となりの席になった俺はつぶさに観察してきたが。確かに一ノ瀬涼風はそういうキャラなんだろうな、ってことはなんとなく察していた。

あの母親にしてこの娘ありか。

多くの会話は交わしてないけど、割と納得してしまった俺なのだった。


「……まあ、わかった。大体のことは。わかりました」

ひととおりの聴取を終えて、俺はようやく一息つく。

なんかもう疲れた。いろいろありすぎて。

そして事態は、なしくずしにこのまま進行しそうな気配である。新しい母親ほどではないにせよ、うちの父も微妙におかしな人だからな……仮に俺が現状に断固として反対したところで、なんだかんだと自分の意思を通しそうな気がする。

そもそも再婚自体はめでたいのだ。新しい生活が始まることも、新しい家族ができることも、俺は決してネガティブに受け取ってない。何かと順序がおかしいだけで。

「というわけだから」

一ノ瀬涼風はぺこりと頭を下げた。

「これからよろしくね、お兄ちゃん」

ふふっ、と。

真っ直ぐこっちを見ながら微笑んでくる。

「昔からお兄ちゃんがほしかったから。だからぜんぜんイヤじゃない。それにやさしいしね、キミ。となりの席でいつもお世話になってます」

再びぺこり。

うーんこの、なんというか。

パッと見はクールでミステリアスな雰囲気で、ギャル様グループとしては割とレアなタイプのキャラだと思っていたが。実は妹タイプだったのか。しかも胸が大きい系の。

何だかギャップの宝庫というか、やっぱ性癖を歪めにきてるとしか思えないんだが。

それに度胸がすわっている。

話を聞く限り、ウチの学校に転入してきたのは侑子さんが勝手に決めたことっぽいし。初めて訪れた我が家で、長年住んでた家みたいにくつろいでるし（親の許可を得ているとはいえ、ためらいなくシャワーを使ったりするし）（玄関の鍵を開けっ放しにしていたのはどうかと思うが）。

状況の急変にあたふたしてる俺が、なんだかちっぽけに見えてしまう。

着替えシーンを覗（のぞ）かれてもぜんぜんキョドってないしな……ま、ああいう場面でうろたえないからこそ、ギャルはギャルでいられるんだろうけど。

というか『お兄ちゃん』呼びも普通に攻撃力高いわ。

あの一ノ瀬涼風が俺を『お兄ちゃん』と……やっぱ性癖が以下略。

「とにかく。これからやることが多いから」

いずれにせよだ。

シチュエーションが確定したからには、前に進まなきゃいけない。扶養家族を放置して新婚旅行に出かけた父と侑子さんには後で徹底的に尋問するとして、俺と新しくできた妹には、今この瞬間も課題が山積みになっている。

「決めなきゃいけないことが多すぎる。こんな形で新しい家族ができる流れになったから、何にも用意してないんで」

「まずは何を決めるの？」

「家事の分担、でしょまずは。その他にも生活のいろいろ」

「家事、わたし、やる？」

「やってください。一緒に暮らすからには、それが普通のことだと思います」

「うん。わかった」

幸いにして、一ノ瀬涼風は協力的だった。

ヒエラルキー上位のギャル様が、底辺オタクをあごひとつでコキ使う――そんな状況にはならなくて済みそうだ。

これは地味に助かった。俺が最初に心配したことのひとつが、まずはそれだったので。

別のギャル……たとえば一ノ瀬涼風と並んでクラス内ギャルツートップの【安城唯（あんじょうゆい）】あたりが家族になってたら。俺の高校生活はグレー一色で染められていたに違いない。

教科書を見せるために机を隣にくっつけるぐらいの接点しかなかったけど、普通にいい人なのかもしれないな。この新しくできた妹は。

「とりあえずメシ、食いますか。まずは」

「うん。わたしおなかすいた」

「じゃあメシは任せていいっすか？　ウーバーとか出前でもいいんすけど、今日は使い切っちゃいたい食材も残ってるんで。あ、もちろんキッチンとか冷蔵庫は好きに使っちゃってください。何か困ったらいつでも呼んでくれれば」

「うーん？　……うん、わかった」

「俺はいろいろ片付けとかしときます。俺と父のふたりだけで暮らす用に使ってる家なんで。このままだといろいろマズいことが起きるんで」

「マズいことって？」

「いろいろです、いろいろ。とにかくそういうことで、メシの用意は任せたんで」

ソファーから立って、行動を開始した。

まずは物置部屋だな。

リビング以外の三部屋は、俺と父が一部屋ずつ使って、残りは倉庫みたいな状態になっている。一ノ瀬涼風が寝起きするとしたら、この部屋以外の選択肢はない。

いやしかしなー。

この部屋、マジで魔窟なんだよな……３ＬＤＫのマンションは、男ふたりで暮らす分には広すぎるはずなんだが、何やかんやで荷物が埋まっていくものなんだ。女子にはあまり見られたくないブツもある。まずはその処理をどうにかしなきゃならん。

「さて。やりますか」

いかにも不案内な様子で一ノ瀬涼風がキッチンに入っていったのを確認してから、俺は腕まくりをした。

まあ今のうちに言っておくけど。

この時に及んでも俺はまだまだテンパっていた。

冷静に状況を判断すれば、もうちょっといろんなことに気づいていただろうし、もっと良い立ち回りもできたんだろうけどな。気づくのはもう少し後になってからである。

†

——そして小一時間が経過した。

片付けは予想していたより何倍も難航した。このマンションに移り住んで十年、不精を放置しすぎていた不明を恥じるしかない。

本気で集中するここぞの時、俺はヘッドホンから大音量の音楽を流して作業するのだが。

その本気をもってしても片付けは遅々として進まなかった。

まあ多勢に無勢である。圧倒的な荷物の山という物量を前にしては、俺の本気なんて焼け石に水でしかない。

「あー疲れた……だが仕事はまだ残っている……」

こんな時はスマホの出番。

心折れそうになる中でも俺を支えてくれたのは、やはり神イラストだった。

先日アップされたばかりの、推し神絵師による作品——教室で友人ＡＢにさんざんイジられたイラストだ。

何回見てもいい。

クールなバニーガールを描いた作品である。

どことも知れない荒野に立ち、後ろを振り返りながら、彼女はどこかの一点を微笑みながら見つめている。手に持っているのはスマホらしきもので、彼女の周囲には学校の教室で使うものとおぼしき椅子と机が整然と並んでいる。

正直、なんのモチーフなのかさっぱりわからない。

でもそこを力業でまとめきってしまうのが神絵師——ユーザーネーム『心ぴょんぴょん』さんが神絵師たるゆえんなのだ。

いやあ。

癒やされるね。神イラスト。

神イラストが明日を生きる活力を与えてくれる、そんな経験をした人は、ちょいオタクっぽい人なら少なからずいると思うんだ。やはり神イラストはすべてを解決する。そのうちガンにも効くようになるだろう。

ちなみにこのイラストの、クールなバニーガールちゃん。やっぱりどこかで見たことがある気がする。そして前述のとおり、『心ぴょんぴょん』さんは判で押したように同じような顔を描く傾向がある。

この点に関しては一長一短で、作風の幅が狭くなるとも言えるし、一点突破型でファン層を深掘りしていくタイプとも言えるが……まあ現状はどちらでもいい。俺が『心ぴょんぴょん』さんのイラストにどハマりして、生きる力を得ていること。それがすべてだ。

「……っと。考え込んでる場合じゃないな」

仕事、仕事。

一刻も早く部屋を片付けて、せめて一ノ瀬涼風がまともに寝られるスペースぐらいは作っておかないと。

……。

…………。

……………。

と、いうか、だが。

ようやくここで気づいたのだが。作業が始まって小一時間が経過している。

あまりにも音沙汰がなさすぎないか？

まあヘッドホン＆大音量だったから、音沙汰もへったくれもないかもしれないが……それにしても何かしらアクションがあっていい頃合いである。そろそろごはんができましたよとか、調味料の場所がわからないから教えてほしいと聞きに来るとか。

俺はキッチンの様子を見に行った。

「あ。お兄ちゃん」

ちょっと困った顔の一ノ瀬涼風がこちらを振り返った。

俺は呆然（ぼうぜん）とした。

キッチンは地獄のありさまだった。

砂糖やら、小麦粉やら、しょうゆやら卵やら野菜やら。いっそ清々（すがすが）しいほどの散らかしっぷりで、あたかも廃棄物処理場みたいな様相を呈している。

フライパンや鍋には、何やら調理を行おうとしていた形跡……あくまでも形跡だけで、一体ここでどんなサバトが催されていたのか、俺の既存知識では知る術（すべ）もない。

まあとにかく。

ひとことで言って大惨事だった。今どきは幼稚園児でももう少しまともにキッチンを使えると思う。

「ごめん。うまくいかなかった」

「うん、まあ。それは。見てのとおりっすね」

「ごめん」

「料理はあとで、俺が適当に作るんで。とりあえずここの片付け、お願いできます？　物置部屋の始末は俺がやりたいんで」

「わからないことがあったらいつでも呼んでくれていいんで」

首をかしげながら俺は物置部屋に戻る。

いやーびっくりした。

あんな風にキッチンを散らかせる人、世の中に存在するんだな。カルチャーショックだ。

新しい家族ができるって、よそ様でもこんな感じなんだろうか？

おっとこうしちゃいられない。

ヘッドホンでご機嫌な音楽をかけて、作業、作業と。

……。

…………。

…………………。

俺にも学習能力はある。

虫の知らせみたいなものが働いて、俺はふたたび様子を見に行った。

今度は念のため、かなり早めの十五分ほどで。

その結果。

片付けられているはずのキッチンが、さらに散らかされていた。

「ごめん。うまくいかなかった」

「うん。がんばる」

「……いやいや。いやいやいやいや」

眉をハの字にして申し訳なさそうな顔をする一ノ瀬涼風に、さすがの俺もだいぶ強めにツッコんだ。

「なぜ？　なんでこんなことに？　片付けをお願いしてた……よね？」

「うん。お願いされた」

「じゃあ、なんでこんなことに？　砂糖と小麦粉としょうゆと卵と野菜と、それに加えて塩とソースとジュースと食器が加わってカオスの度合いが増してるじゃないすか」

「ごめん。片付けようとしてたんだけど、いろんなものがいろんなところから落ちてきちゃって」

一ノ瀬涼風は心底、申し訳なさそうである。

なさそうなんだけど、やっぱり自然体というか、自分のペースが変わらないというか、悪びれていないというか。

申し訳なさそうなのに悪びれないって、一種の才能なのでは？　と思う。まあ相手は胸の大きいギャル様という、選ばれし人種だからな……才能に恵まれていても別に不思議じゃないのかもしれない。だいぶ変な才能だとは思うが。

「ええと、とりあえず」

さすがに方針を切り替えよう。

少なくとも台所仕事が得意なキャラじゃないことはわかった。これ以上の損害は家計に関わる。

「キッチンの方はいいんで。晩飯は俺が適当に作るんで」

「うん。ありがと」

「いちおう、物置部屋になってる場所のヤバいもんは優先して片付けた——もとい、主だったもんの始末はついたんで。そっちの方を任せてもいいです？」

「うん。わかった」

「どのみち一ノ瀬さん——涼風さんが使う部屋になるんで。そのへんは自分でやっといた方がなにかと具合がいいかな、みたいな感じで」

「んー……そっか。うん、じゃあとりあえず、そうするね」

そういうことになった。

いやそれにしてもびっくりした。

子供とか犬猫のいたずら以外の理由で、キッチンがこんな破滅的に散らかることがあるなんて。カルチャーショックだ。

手早く片付けをして料理を始めながら、俺は時おりスマホを眺める。

よく飽きないな、と呆れられたって何度でもくり返すとも。一服の清涼剤として眺めているのは、神絵師『心ぴょんぴょん』さんの最新作、クールなバニーガールのイラストだ。

いやー。

何度見ても神だわ。

ミステリアスな微笑み、派手だけど全体の色バランスをよく引きしめているキューティクルヘアー。

あと胸もでかいわ。イラスト業界にはありがちというか、とりあえず迷ったら胸でかくしとけ、みたいな風潮があるけど。良いものは良いよね。おっぱいはすべてを解決する。そのうちガンにも以下略。

そんな頻繁に眺めて悦に入って、まるで付き合いたての恋人みたいだなって？

馬鹿言っちゃいけない。恋人以上だよ。

『心ぴょんぴょん』さんは、いまいち冴えなかった俺の人生に現れた救世主。撃ち抜かれたからね、俺のハートは。この絵師さんのイラストを見た瞬間に。

それにしても、やっぱどこかで見たことあるような気がするな？

どっかのイラストのパクリとかそういうことじゃなくて、イラストのモデルによく似た誰かをどこかで見たことがある気がするんだ……まあいいけどさ、二次元のイラストが三次元の誰かに似ていたところで、だからどうしたという話だし。

と、そうこうしているうちに。

夕食が完成した。

余り物を適当に炒めて餡をからめた、中華丼風の何かである。

新しい家族に振る舞う最初の料理としては、いささか寂しいものがあるけど。まあ仕方ないよな。次から次へとやることが舞い込んでくるし、予想外のことばかり起きるし。

「すんませーん。メシできましたけどー？」

ダイニングテーブルに丼を並べ、エプロンを外しながら物置部屋の様子を見に行った。

そこで俺が見た光景は。

ある程度まで片付けの目星をつけたはずの荷物たちが、ふたたび散乱している様子と。

部屋の真ん中でぺたんと女の子座りしながら途方に暮れている、一ノ瀬涼風の姿だった。

「ごめん。うまくいかなかった」

「——あんたホントに何もできねえな⁉」

さすがに全力でツッコんだ。

「つーかいや何で⁉　俺、わりといい感じでざっとまとめてたよね⁉　とりあえずレイヤー分けみたいなつもりでざっくり仕分けして、あとは段ボールか何かにとりあえず詰め込んで重ねておけば何とかなるかなー、みたいなところまでは仕事しといたのに！　それが何でこんな台無しに⁉」

「もうすこし工夫したら、もっとうまく片付く気がして」

「素人考えの典型ェ！　料理を失敗する人といっしょでレシピどおりにちゃんと作らないやつ！　なぜ素人ほど工夫しようとするのか！　普通にやったらいいんすよ普通に！」

「本当にごめんね。ぜんぜんできなくて」

「ああいやまあ。二度も失敗を繰り返したところで任せた俺も悪いけど……」

しゅん、としている一ノ瀬涼風に、俺は語調を弱める。

いやしかしだ。

しゅん、としてはいるけど、不思議と悪びれてないのはどうしてなんだ。「えへへ」という感じでほっぺたを指で掻いて、申し訳なさそうではあるのに。あくまでも低姿勢ではなく、自然体なのである。

なんだろこれ？

なんかもう、俺とは違う別の種族を見ている感じ。

生まれながらの顔面偏差値おばけだから？

問答無用で手足が長くて胸が大きいから？

トップギャル様の生態はいまいちよくわからん。

「いやもう。とりあえず料理が冷めるんで。食べちゃいましょ」

「うん。わたしおなかすいた」

片付けは後回しだな。

でもってこれ、たぶん俺がやった方が早いな？

ここまで大失敗するのは、さすがに次こそないとは思うけど。二度あることは三度あったしな。不安すぎて仕事を任せられん。

まあゲストがお泊まりしに来たのだと考えれば、何の気苦労もない。家事を分担する話はこのままじゃどうなるんだろう、とも思うけど、そもそも父と侑子さんが新婚旅行から帰ってくるまでの問題である。

一ノ瀬涼風とふたりで暮らすというミッションは、あくまでも期間限定。

そう考えるなら、オーバーヒート気味の俺の頭も少しは冷めるってもんだ。

ダイニングテーブルで湯気をあげる丼を見て、一ノ瀬涼風が目を輝かせた。

「わ。おいしそう」

「手抜き料理っすけど。まあ食ってください」

「ぜんぜん手抜きじゃないよ。りっぱなごはんだと思う」

「たいしたもんじゃないんで。とりあえずまあ、冷めないうちに。どぞ」

俺は自分の席に座りながら言った。

「ありがと。いただきます」

ちなみに俺は、テーブルを挟んでふたりで向き合う形で丼を配置していた。特に意識したフォーメーションじゃないけど、たぶん普通の感覚だったら俺と同じように配置するだろう。

それを一ノ瀬涼風は、まず自分の丼を俺の隣に配置しなおし、向かい側の椅子をわざわざ引きずってこれまた俺の隣に配置しなおして着席し、両手を合わせてから中華丼をひとくち食べて「わ」と目を丸くして、

「これおいし。お料理じょうずなんだね、キミ」

「……いやつーか」

いやいやいやいや、と。

俺は首と手を振ってツッコんだ。

「なぜ？　わざわざ？　俺の隣に？」

「え？　変かな？」

「変、っていうか……いやでも普通はやらんでしょ、こんな風に、わざわざ。こっちは気をつかって距離取ってるつもりなんすけど」

「でも学校ではいつもとなりだよ」

「そりゃまあ。そうすけど」

「それにキミはわたしのお兄ちゃん。わたしの家族。でしょ？」

「……家族になってからまだ数時間しか経ってないんすけど」

「それでも家族は家族」

ふふ、と微笑(ほほえ)んで、中華丼に向きなおる。

この話題はもうおしまいね、という無言の意思表示。あまつさえスマホを片手でいじり始めるという。

……まあ、トップギャル様ってのはこういうものなのかもしれん。

陽キャでグイグイいって自分の主張を通すのが、彼女たちの生態だもんな。一ノ瀬涼風が陽キャかというと、ちょっと別タイプな気はするけど。

とりあえずメシ、食おう。

となりにフェロモンのすごい女子がいるのは、気にしないことにする。

……。

…………。

……………。

と、思ったけど。

いや無理だなこれ!?

パーソナルスペースがせまい!

授業中に教科書を見せる時にせまくなるのはわかるけど、他に誰もいない空間でこの密着度は割と普通に無理だわ!

そう自分の家なのだ。

でっかい胸が触れるぐらい近くにいてご満悦していられたのは、あくまでも教室の中での話。この状況は訳がちがう。

本来なら俺しかいないはずのマンションに、新しい家族になったというギャル様。

脳裏にちらつくのはバスルームでの一幕。

白くてすべすべできめの細かそうな柔肌。

下着からはみ出んばかりのバスト。

力を込めたら折れてしまいそうな腰のくびれ。

細すぎず太すぎないふともも。

いかん。

意識すればするほどこれはいかん。

冷静にいこう冷静に。さっさと夕飯を食べきって作業の続きに戻る。それがベスト。

俺は中華丼を急いでかきこんだ。

「ね、ね」

一ノ瀬涼風が声をかけてくる。

こっちを向いて自然体の微笑。

「物置になってる部屋が片付かなかったらさ。わたしの寝る部屋がないんだよね？」

「まあ」メシをかきこむ作業を続けながら、俺も彼女を見る。「そうなると思います」

「そか」

スマホ片手のまま、さらに微笑を深めて。

「じゃ、その時はさ」

「はい？」

「お兄ちゃんと同じ部屋で寝るね」

その微笑がやけに蠱惑的で。

俺は思わず「ぶほっ！」と。中華丼を吹き出してしまった。

「わ」

タイミングが悪い。

吹き出した中華丼が、一ノ瀬涼風のスカートまわりにぶっかかってしまった。

「！　すま、ごめ！」

あわてて立ち上がったのがもういけなかった。

ガツンっ！

思いっきり膝をテーブルに打ち付ける。「はがっ⁉」思わず片足をあげてしまい、あげたことでバランスを崩す。

倒れる。

倒れた先にいるのは、目を丸くしている一ノ瀬涼風。

がっしゃんごろごろ！

もつれ合いながら床に転げた結果。

俺は一ノ瀬涼風を押し倒していた。

「…………」

「…………」

視線が合う。

やけに透明度の高い瞳が、これまでにないほど近くにあって。

体温を肌で感じる距離。

心なしか、頬を染めて、じっとこちらを見ている一ノ瀬涼風は。やっぱり顔面偏差値のおばけで、きれいに通った鼻筋もあごのラインも文句なしの美少女で、ことさらくちびるはあやしくてらてら濡れていて、思わずごくりと喉が鳴るほどの色っぽさで。

しかもしかも、である。

このシチュエーションを別にそんなに拒絶してませんよ感が、彼女からありありと伝わってきて。

なんなら『……続き、する？』みたいな幻聴まで聞こえてくる気がして。

あかん。

これはあかん。

何がどうとは言わんが、とにかくこれはあかん。

俺は本能的に視線を外そうとして――

「……っ!?」

そして目に入ったのだ。

一ノ瀬涼風の左手。

転げ落ちながらも、それでも離さなかったスマホの画面が。たまたま俺の視界に入ってきて。

そこに見覚えのある少女がいた。

バニーガールだ。

どことも知れない荒野に立ち、後ろを振り返りながら微笑む、クールなバニーガールのイラスト。

ほんの刹那の間に、俺はいくつかのことを知った。

いま見ているイラストは、Twitterにアップされている、JPEG的なデータファイルじゃない。何かしらのお絵かきツールを介して開かれているファイルで、画面にはパレットやらブラシやらのツールがずらりと並んでいる。

そしてそれが意味するところは、このイラストが今まさに制作中、あるいは修正中のものであるということ。

つまりこのスマホの持ち主は、このイラストの一次権利保持者であると考えられるのだ。

もっと噛(か)み砕(くだ)いた言い方をしよう。

まだ推測の域を出ないが——このスマホの持ち主はこのバニーガールのイラストを描いた張本人である。

これも本能的にだ。

俺は推測を事実にするための問いかけを、思わず口にしていた。

「心ぴょんぴょんさん？」

一ノ瀬涼風は、元から見開いていた瞳をさらに見開いた。

「あ、はい」

そして意外そうな、意表を突かれたような様子で。

こくん、と頷いたのだった。

†

繰り返そう。

これは、宝くじの当たりを引く物語。

第三話 ⊗ まだサービスシーンが続く……だと？

[love life with kamieshi GAL sister]

①下着姿の女子と遭遇した
②場所はウチのバスルームだった
③その女子は俺と同じクラスで隣の席の、超かわいいギャルだった
④そのギャルが俺の義理の妹になった

そこに加えて、

⑤その女子は、俺がどハマりしていた憧れの神絵師だった

やべえ。

急展開についていけん。

また頭がオーバーヒート気味。

「なんで知ってるの？」

押し倒されたまま一ノ瀬涼風が問うてくる。

「え、あ。いや。知ってたんで。たまたま。イラストを」

「わたしのイラスト、そんなに有名じゃないはずだけど」

「いや何言ってんすか！　Twitterのフォロワーが何千人もいるでしょ⁉　そんだけいたら俺のとこにもイラスト流れてきますから！　ていうかそれ以前に――」

変なスイッチが入ってしまった。

立て続けにカロリーの高いシチュエーションが襲いかかってきてからの、とどめの一撃である。クラスメイトのトップギャル様が義理の妹になって、おまけに今いちばんアツい神絵師だとわかったんだ。スイッチが入るのは仕方ないと思う。

「モチーフがへんてこで、なんかいろんなものを詰め込んでて、それでいてバランスが取れていて――色彩感覚は抜群のひとことで、むずかしい構図もさらっと描いてて――判子絵だって批判するバカはいるし、ファンサービスが少ないとかもっと二次創作やれとかバカなこと言ってるバカもいるけど、そんなバカどもは放っておいて結論を言うけど、俺にとって【心ぴょんぴょん】さんは神！　俺にとっての救世主！　群雄割拠のネットイラスト界に現れた超新星なんです！」

「……そんなに？」

「そんなにです！」

「そっか。ありがと」

微笑(ほほえ)んでくれた。

ああもう！

可愛(かわい)いなあ！

お姉さんっぽくもあり、妹っぽくもあり、色っぽくもあり、天衣無縫っぽくもあり。

なんかもういろんな要素を含んだ微笑であり、一ノ瀬涼風はおおむねこの微笑ひとつで、なんでもかんでもいい感じに持っていってしまうのだ。

まさにチート。異世界転生でもすればよかったのに。

しかもこの人、マジであの【心ぴょんぴょん】さんなの？

ちょっと豪快すぎないか、この宝くじの当たりくじ。

俺にとってはガチで二千億円ぐらいの価値があるんだが？　いやいや、お金になんて代えられない、もっとはるかにそれ以上の――

「ところでさ」

身もだえしている俺に、一ノ瀬涼風は遠慮がちに言った。

顔をちょっと紅(あか)くして、ほっぺを指でかきながら、

「この体勢だけど。まだ、つづく？」

はっ、とそこで俺は気づく。

この体勢とは。

俺のしくじりコンボにより、食事中の一ノ瀬涼風を押し倒し、ダイニングルームの床に組み敷いている状態に他ならなかった。

見方によっては、いや大多数の人が見たら。事案な案件に見えることだろう。

「――すいませんでしたあああああああああああああああっ！」

即座に俺はマウントポジションから離脱し、ためらいなく土下座を決めた。

一日で二回の土下座――人生は宝くじだけど、こういうハズレくじもそれなりに混ざっているものらしい。

†

「……というわけで。心ぴょんぴょんさんはマジで俺の神なんです」

しばしの後。

謝罪が受け入れられて中華丼の残りを食べ、あと片付けをして（もちろん俺が）、ようやく一息ついたリビングで。

俺と一ノ瀬涼風はコーヒーなんぞをすすりながら（もちろん俺が淹れた）、少し休憩を入れている。

ちなみにソファーに座る位置はだいぶ離してある。距離が近いと間違いが起きやすいことは学習したので、当然の対応だと思うけど。一ノ瀬涼風は不服そうにくちびるを尖らせたりなんかしていた。

とはいえこればかりは受け入れてもらうしかないだろう……いやていうか不服なの？何度も言うけど間合いが近すぎぎん？

「そっか。そうなんだ」

クッキーをかじりながら、一ノ瀬涼風はふんふんと頷いている。

「じゃあホントにすごい偶然なんだね、これって」

「すごいなんてもんじゃないすよ……」

コーヒーカップを片手に、俺はいまだに呆然としている。

「冷静に考えておかしくないすか？　おんなじ学校に行ってておんなじクラスで隣の席の人が、今日から家族で義理の妹で、しかも俺が憧れてた神絵師だとか……いまだに自分で何を言ってるのかわかんないです」

「でも現実だよ」

「そうなんすよねえ……」

ちなみに父も侑子さんも、あれきり音沙汰がない。

それも当然、今ごろは飛行機の中でディナータイムでも楽しんでいることだろうから。

とりあえずは現状のまま乗り切るしかないところだ。

ていうか信じられるか？

これ、まだ同居の初日だぞ？　どんだけイベント起きるんだ……俺、もう頭がパンクしちゃったよ。まともに思考が働かん。とりあえず一眠りして、リセットして、話はそれからだと思うな。

聞きたいことも、やらなきゃいけないことも、たくさんあるけどギブアップ。もう無理っす。さすがにもう……ゴールして、いいよね？

「というわけで、そろそろ寝ようと思うんですが」

「うん。そうだね。もう夜もおそいもんね」

「タオルとか歯ブラシとか、そういうのはいちおうお客さん用のがあるので。好きに使ってください」

「うん。そうする」

「何か他に必要なものは？」

「うーん……なんにも考えずに来ちゃったから、なんにもないと言えばなんにもないんだけど。でも着替えだけは持ってきてるから、まあ大丈夫かな」

あっけらかーんとしたものだ。

いやもう強キャラすぎる。物怖じしないにもほどがある。

度胸よすぎというか……やっぱギャル様なんだよなあ、ある意味でこういうの。

「まあとにかく。俺は軽くシャワーだけ浴びるんで。あとはうまいこと好きにやってください。物置部屋はギリ、布団が敷けるぐらいにはなってるんで」

「んー。そだねえ」

「……何かご不満が？」

「んーとさ」

こてん、と小首をかしげながら彼女は言う。

「いっしょの部屋で寝る話だけど」

「……そのネタまだ続いとるんかーい！」

思わず声に出してツッコんでしまった。

「いやいや。ないっすから。いっしょの部屋で寝るとか。マジで」

「ないかな？」

「ないです！」

「でもキミはお兄ちゃんだし」

「お兄ちゃんだから、ってのは何の免罪符にもならんでしょ！」

「ううーん……」

困ったような顔をする一ノ瀬涼風。

「いやいや。あります？　そんな困ること」

「うん。ある」

「それはどんな？」

「んーとね」

少し照れた風に。

彼女はこう言った。

「わたし、添い寝してもらった方がよく寝れる」

「……なんじゃいその理由⁉」

またツッコんでしまった。

「いっしょの部屋で寝るだけじゃなくて添い寝とか！　そんなんダメに決まっとるわ！

提案されること自体が意味不明なレベルですが⁉」

「同じふとんに入らなくても、いいんだよ？　でも枕元でお話はしてほしいかも？」

「子供か！　発想が完全にお子様のそれ！」

「でも同じ部屋で寝るのは絶対ね。ひとりだと怖いし」

「やっぱ理由が子供！　あんた歳いくつですか⁉」

俺は力の限りにツッコんだ。

一ノ瀬涼風はちょっとジト目をする。

「そんなに否定するんだ」

「そりゃするでしょ！　言ってること無茶苦茶なんだから！」

「もしかしてキミ、えっちなこと考えてる？」

「へっ⁉」

「いっしょの部屋で寝るだけでそんなにあわててるってことは。お兄ちゃん、えっちなこと考えてるの？　わたしたち兄妹なのに、そういうことしたいんだ？」

ぶんぶんぶん。

俺は首を激しく振った。

心情では縦に。

ただし現実では横に。

いやいや。無理があるでしょ。

兄妹っていっても書類上の立場であって、実際はただの他人なわけで。

ひとりのオトコと、ひとりのオンナなわけで。

まあ口に出しては言わんけどな！　なんかそういう空気じゃない気がするし！

「じゃ、いいかな」

ジト目をやめて微笑む一ノ瀬涼風。

「えっちなことがないなら、なんの問題もない。だよね？」

「ええぇ……いや、そうはいってもですね……」

「迷うってことは、えっちなこと考えてるんだ？」

「イイエ。ソンナマサカ」

またジト目をされて、棒読みで答える俺。

「お兄ちゃんは、わたしのお兄ちゃんだよね？」

「ソノトオリデアリマス」

「へんなこと、しない？」

「モチロンデゴザイマス」

「しないなら、そもそも何も問題ないよね？」

「イエス。ザッツライト」

「うん。じゃ、いいよね」

目を細める一ノ瀬涼風なのだった。

その表情は反則的に可愛くて——本当に有無を言わせぬぐらい魅力的で、うっかり見入ってしまって。そして俺はついに、反論の機会を失ってしまったのだった。

いやいや。

でもいいのかこれ？

知らんぞもうどうなっても。俺、割とまじめに反対しましたからね？　常識的な判断をちゃんとした結果がこれですからね？

……とはいえ。

よく考えると、別に損はしてないか。

むしろ得してる？

クラスメイトで隣の席のトップギャルが、親の再婚で義理の妹になって、いきなり同居することになった上、彼女の正体は俺が憧れていた神絵師で、しかもその子はひとりで寝るのが怖いタイプで、添い寝してもらうのが好きな子だった。

……我ながら馬鹿げてる。誰が信じるんだ、こんなシチュエーション。

でも現実だ。

そして手放しで喜んでもいられない現実だ。

一ノ瀬涼風と一晩、同じ部屋で過ごす……だと？

なおかつ、えっちなことを考えるな、だと……？

無理があるだろいくらなんでも。

つーかむしろ拷問では？

新手のストレステストですかね？　俺、なんかに試されてる？

「んー、でもそっか」

内心で頭を抱えている俺を尻目に、一ノ瀬涼風がふと思いついたように、

「キミには何の得もないのかな、これって」

「……と、言いますと？」

「だって、これってわたしのやってほしいことをやってもらってるだけで。キミがやってもらいたいことをやってるわけじゃないでしょ？」

「まあ……そう言われればそうだけど」

「じゃあキミは何も得してない。平等じゃない」

自分と、俺と。

交互に指を差す一ノ瀬涼風。

……いや、あるけどな得！

一ノ瀬涼風と同じ部屋で一晩過ごす！

これが役得じゃないって言ったら刺されるけどな！　友人ABが聞いたら人生と引き替えにでも俺を抹殺してくると思うわ！

「料理もお片付けも、キミがやってるよね？」

「まあ、はい。そうっすけど」

「じゃあ、これはちゃんとした取引。わたしになにかしてもらいたいこと、ある？」

小首をかしげる一ノ瀬涼風。

その仕草が反則的に可愛くて以下略。

でもって気づいたんだけど。彼女ってちょっとあどけないんだよな。なんというか少女的な無垢さを持ってるというか。

それでいてギャルらしく押しは強い。見た目もゴリッゴリのギャルで、胸も大きいというギャップの持ち主という。

ピュアさと色っぽさのハイブリッド……なんてズルいコンビネーションなんだ。

俺の一ノ瀬涼風に対する評価がまた上がった。上がったところで今は素直に喜べんのだけど。

「いや。別に。何もないっす」

とりあえず俺は首を振った。

今度は心から横に。何度も言うがとっくにオーバーキルなのだ。これ以上を望んだところで脳みそがついていけない。

「じゃあさ」

なのに、だ。

彼女は少し考えてから、こんなことをささやいたのだ。

俺が脳裏の片隅にも思いつかなかった――でも俺という個人にとって、悪魔的な発想といえるアイデアを。

「こうしようよ。わたしの言うことを聞いてくれたら、なんでも一枚キミのリクエストで、わたしがイラストを描く、っていうのはどう？」

†

「あは。けっこーふかふかだね、お兄ちゃんのベッド」

ベッドに飛び込んだ一ノ瀬涼風は、マットの感触を確かめながらゴキゲンな様子。

抗(あらが)えないからこその悪魔の発想である。

俺は悪魔の発想に抗えなかった。

俺の部屋に、寝間着姿の一ノ瀬涼風。

マジで。寝るつもりらしい。この人、俺の部屋で。

いや初日だぞ？

距離が近いなんてもんじゃなくね？

ひとりで寝るのが怖いだとか、添い寝しないとよく眠れないだとか、そんな理由があるにしたって。さすがにもう少し、自重ってやつがあってもいいんじゃないでしょうか？

自重すべきは俺の方だって？

いやいや無理ですから。

だって神絵師だぞ？

俺は彼女の絵の信者なんだぞ？

その神が、俺のリクエストでイラストを描いてくれるんだぞ？　いや神絵師じゃなくたって、崇め奉る神絵師がいる人にはわかってもらえるはず。

たとえば推しのアイドルとかさ、いるとしてさ。その子が『あなたのためだけに一曲歌うから言うこときいて』みたいなこと言い出したらさ。オッケーしちゃうだろ普通は。

「……さっきの話、ガチっすよね？」

自分の部屋の入り口に立って、俺は確認する。

「マジでイラスト描いてくれるんすよね？　【心ぴょんぴょん】さんが、俺のリクエストでイラストを――それ、マジな話なんすよね？」

「うん。まじだよ」

ベッドの端に腰掛けて、微笑む一ノ瀬涼風。

「描けないものは描けないから、描ける範囲で、になるけど。キミのリクエストで描くよ、次は。バニーちゃんのイラストも、だいたい納得できるまで仕上げたし」

……神絵師【心ぴょんぴょん】さんは、仕上げ途中のイラストを積極的に公開していくタイプの絵師である。

俺が追っかけを始める前から、彼女は下書きやラフ絵を気前よく、思い切りよく、じゃんじゃん公開していた。

実感が湧いてくる――Twitter上でほとんどまったくプライベートを語らない【心ぴょんぴょん】さんだったが。目の前にいる一ノ瀬涼風と、俺が想像していた【心ぴょんぴょん】さんのパーソナルは、わりと一致するのだ。

さらにその上で、俺は彼女のスマホ画面を見せてもらった。

そこにあったのは、アプリのお絵かきツールと、制作途中のデータを含めた無数の画像ファイルであり、【一ノ瀬涼風＝心ぴょんぴょん】だという事実を、俺はあらためて確認したのだ。

動かぬ証拠。

俺は、俺が引き当てた宝くじのすごさを、あらためて実感している。

「……わかりました」

俺は改めて覚悟を決めた。

もはや是非もなし。特大のニンジンを目の前にぶら下げられた以上、いけるところまで突っ走ってみるしかないだろう。

「一緒の部屋で寝ます。それでイラストを描いてくれるんすよね？」

「うん」

「じゃあ取引成立で。俺、となりの部屋から布団もってきます」

「え？　添い寝は？」

「それはさすがに無理っす。同じ部屋で寝るまでがギリギリなんで。ここが最後の妥協点っす。これ以上の交渉は応じられないっす」

「……ふーん」

ジト目。

そして、

「ま、いっか。添い寝はあとの楽しみにとっておこ」

一ノ瀬涼風は、ふふ、と微笑んだ。

その仕草が例によってやたら色っぽくて、俺はあわてて「じゃ、布団とってきます」とその場を離れたのだった。

いやー。

それにしても、やっぱ距離、近いよね？　ギャルってみんなそういうもの？


数分後。

俺は部屋の電気を消した。

俺が床に布団を敷き、一ノ瀬涼風がベッドに寝転がる配置。

「ね、ね」

薄暗がりの中で声がする。

「お兄ちゃんお話して」

「……これから寝るんすよね？」

「お話してもらった方がよく寝れるから」

「子供か！」

「子供でいいもーん」

子供っぽい声真似(まね)が返ってくる。

子供だよ、マジでこの人……。

ギャルなのに。胸でかいのに。

「ええと、まさかとは思うけど」

「なに？」

「いつもこんな感じなんすか？　お母さんに――侑子さんに、寝かしつけとか添い寝とかしてもらってる感じだったり？」

「うん」

「マジすか」

「ママが家にいる時は、だけどね。ママっていそがしいし」

ううむ。

母親に寝かしつけしてもらうギャル、という概念。

ギャップを通り越して、もはや訳わからんな？

というか、である。

この人、日常生活はいつもこんな感じなのか？

だったら母親の侑子さんが（いそがしくて家にあまりいないとはいえ）、かなりディープな感じで娘の面倒を見てる、ってこと？

よくよく考えると、料理をしようとすれば失敗するし、片付けをしようとしても失敗するし――さらには学校でも教科書を忘れる率がめちゃくちゃ高いし。

見た目は完璧なトップギャルだけど、中身はとんでもないポンコツ、ってことになるよな？

それでいて悪びれない、押しが強い。

なおかつ、神絵師というスーパースキルは所有しているという。

やっぱ訳わからん。

びっくり箱かよこの人。もはやおどろきの感覚がマヒしてしまった感じ。

「じゃ、お話して？」

「……面白いネタ、持ってないです」

「なんでもいーよ」

「ええとじゃあ……『心ぴょんぴょん』さんの話、聞きたいんですけど」

「それ、わたしの方がお話してない？」

「ダメっすか？」

「聞く方が好きなんだけどなあ」

ボヤいているが、ノーではないらしい。

だったらいくらでも会話できる。なんなら大歓迎でさえある。

さっきも言ったが、心ぴょんぴょん師はプライベートをほとんど明かさないタイプだ。

つまりこれは、推しに対するファンの単独インタビューである。

激アツじゃないか。

「ええと、心ぴょんぴょんさんは——あのすんません、呼びにくいので『ここぴょん』って呼んでもいいっすか？」

「涼風、って呼んでくれればいいんだけど」

「それはハードル高いんで。ここぴょんは、いつからイラストを描き始めたんすか？」

「んー……一年ぐらい前から？」

「一年？　イラスト歴が一年ってこと？」

「うん」

「その前は？」

「うーん……友達との遊びでは、ちょっと描いてたことある」

あくまで俺個人の印象、かもしれないが。

女子ってやつは、男子よりもはるかにイラストの素養があるもんだ。小学校の休み時間、男子はボール遊びをやりにグラウンドへ我先にと駆け出し、女子は教室でお絵かきをしていた——みたいな経験、たぶん誰しも持ってるよな？

彼女の言う『遊びでは』ってのは、おそらくそういう意味だ。

つまり事実上の素人。

それがたった一年で。

俺が神だと崇めるレベルまで。

「すごくないすか？　イラスト歴一年で、あんなにうまいの？」

「へへー。ありがと」

「才能ありすぎでは？」

「わたしよりうまい人、いっぱいいるよ？」

のほほん、と謙遜する一ノ瀬涼風だが。

それはやっぱり謙遜なんだよな。

確かにここぴょんは、技術的にずば抜けているタイプじゃない。モチーフがどこか似通ってしまうという作風の狭さもネックだろう。

とはいえだ。

その色彩、その線、空間の捉え方、光と影の表現、質感を浮き彫りにするかのような塗り——挙げればキリがないが、きらめくような才能をいくつも持っている。

いわゆる『センス全振り』なタイプだ。

技術的に突出してるわけじゃないけど（といっても十分すぎるぐらい描けるんだが）、余人が持ち得ない才能を持った絵描き。

俺がどハマりする理由、少しはわかってもらえるだろうか？

「イラストを描き始めたきっかけは？」

「……ねえね、これって何かのインタビューなの？」

「そんなようなもんす。どんなきっかけでイラストを？」

「うーん……ノリで、なんとなく？」

「なんすかその、いかにも才能に恵まれた人が口にしそうな理由」

「えー？　でもしょーがないよ、ホントにそうなんだから。なんとなくネットに上がってるイラストとか見てたら、いつのまにか描き始めてた、みたいな」

「……いや普通はそうならんでしょ？　『イラスト見てた』と『描き始める』の間には、かなり色んな段階があるはずっすけど」

「そんなことないよー。無料のお絵かきアプリで普通にいろいろ描けるし。それに『やりたい』って思うのと、『やれそう』って思うのが、わたしの場合はほとんど同じだったから。描いてみるとなんか楽しいんだよね、アプリでいろんなことできるしさ。それでなんかハマっちゃった感じかなー」

……ううむ。

軽く掘っただけで山ほど出てくるきらきらエピソード。

ペンもタブレットも使わないで、アプリを使うだけで——それもたぶん、スマホだけで描いてるんだよなこの人？　ずっとスマホ触ってる人だな、って印象はあったけど、イラスト描いてたのか。学校とかでも。

そして『やりたい』って気持ちと『やれそう』って気持ちが同時に湧いて、それですぐにアプリをダウンロードして使いこなしてしまう行動力。

加えて、家事を任せてもすべて壊滅的だったことからして、どうやら生活能力が皆無であるらしいこと。

これ、典型的な天才パターンでは？

お母さんの侑子さんも世界的なデザイナーだって話だし、選ばれた人感がありありと。

その天才美少女トップギャル様が今、俺の部屋でいっしょに寝ていると。

さっきから何度か言ってるけど。なんかの妄想かな？

俺、そっち系の病院に入れられたりしないかな？

無言で悩んでいると、一ノ瀬涼風がふふっ、と笑い始めた。

「なんだかヘンな感じ」

「え？　何がっすか？」

「今日からわたしたち、きょうだいなんだねえ」

「……まあ。そうっすよね」

「ふふ」

「何笑ってんすか」

「おもしろかったから。ちょっと前までただのクラスメイトだったのに」

「それは、まあ。そうっすよね……」

「ねえね」

「なんすか」

「これって運命かな？」

「……お互いの親に振り回されてるだけでは」

「ふうん。クールなんだ、お兄ちゃんって」

「あの。そろそろ寝ないすか？　もうだいぶお話、してますし」

「えー？　まだぜんぜん眠くないんだけど。もうお話、おしまい？」

「むしろ話してたら寝られんでしょ」

もちろんたくさんあるのだ。

聞きたいこと。知りたいこと。

ここぴょんについて。そして一ノ瀬涼風について。

なんせ独占インタビューだからな。心ぴょんぴょんさんのファンが知ったら、あるいは友人ＡＢが知ったら、まちがいなく火あぶりに処されるシチュエーション。

でもまあ。

寝ましょ、さすがに。

いろんなことありすぎて疲れたよ今日は。

「ふーん。もう寝ちゃうんだ」

「寝ますよ。明日だって学校あるんすから」

「ふーん」

ご不満そうだ。

床で仰向けになっている俺の目線からは、ベッドの上がどうなっているのか見えない。

見えない相手からのプレッシャーは少なくて済む。相手がギャル様であっても、多少は反論もできる。薄暗くてあんまり目が利かないしな。

とか思ってたら、

「ね、ね」

ぎょっとした。

身を乗り出してきたから。

ひょっこりと、ベッドの上から。下にいるこっちを。

一ノ瀬涼風は寝間着姿だ。

それもけっこう胸元が開いている、薄手の生地のやつだ。

大きな胸の質感と、ちょっとばかり覗(のぞ)いている胸の谷間が。

見えてしまうのである。こんな暗がりでも、男子高校生アイで。

「な、なんすか」

ドキドキしながらも聞き返す。

彼女は微笑(ほほえ)みながら言う。

「他になにもしないの？」

「へっ？」

「ホントにインタビューするだけ？　他になにもしないの？　せっかくふたりきりなのに？」

ヒユェッ、と。

喉からヘンな音が漏れた。

薄闇に浮かび上がる、一ノ瀬涼風の微笑が。ひどく艶っぽかったから。

問いかけの形を借りた〝お誘い〟。

だよな？

俺の勘違いじゃないよな？

据え膳食わぬは何とやら。

せっかくの棚からぼた餅。

男ならここは、ってやつだろう。

普通ならそうなる。

そう普通なら。

「なにもしないっす」

ヒユェッ、となって、ちょっと間は開いたけど。

俺は迷わず答えた。

「なんで？」

「え？」

「なにもしない理由。なんで？」

一ノ瀬涼風は基本、言葉足らずである。

センテンス短め。核心だけ突いて、あとは微笑んで反応を待つ、そんなタイプ。

こういうキャラだからこそ、彼女はトップギャル様で、新進気鋭の天才肌な神絵師様でもいられるんだろう。

「言葉にするのは難しいんすけど」

俺は言葉を選んだ。

目には目を、の逆だ。

言葉が足らない相手にこそ、言葉を尽くす。

口下手（くちべた）な父が背中で教えてくれた、人生の知恵。

「すごいざっくり言うと……傷つく気がするんで。お互いに」

「わ。まじめだ」

「真面目（まじめ）で悪いっすか？」

「ううん。ぜんぜん」

微笑みを深くして。

ベッドの上から俺を見下ろして、一ノ瀬涼風はこう言った。

「やっぱりキミは、思ったとおりのひと」

「……なにが」

「というかキミ、えっちだね」

「いやアナタに言われたくないんですが⁉」

「でも想像したでしょ？　えっちなこと」

「そりゃだって、あんな言い方されたら誰だって――」

「というかわたしたち、きょうだいだよ？　えっちなことできないよ。さっきも言ったけど。えっちなことはなし、ね」

　そりゃまあ！

　理屈ではそうですけど！

　俺は心の中で全力でツッコんだ。

　いや全力でツッコんでも追いつかんのだが。この人のペースに巻き込まれると、めっちゃ調子狂う……というか、そういえばそうだった。一ノ瀬涼風は義理の妹になったんだった。一ノ瀬涼風＝心ぴょんぴょんさんという事実が強烈すぎて、うっかり忘れそうになってしまうじゃないか。

　というか、あくまで戸籍上は家族、ってことだからな⁉

　きょうだいだからえっちなことできません、って、そんな理屈は通じないからな⁉

「いや、つーか。寝ようよ。そういう流れになってたでしょうよ」

「んー？　そうだっけ？」

「そうです。賭けてもいいっす」

「じゃ、あとひとつだけ」

「いやもう寝ましょうって――」

「わたしね、ちょっとしたヒミツを持ってるんだけど。知りたくない？」

「………」

んんんこの！

またそういうこと言うんだからこの人は！

どうあっても寝かさないつもりか⁉

というか、話の引っ張りかたエグくないすかね⁉

「……ヒミツって、どんな？」

「気になる？」

「家族なんすよね？　だったら気にしなきゃダメじゃないすか」

「あは。切り返しがうまくなってる」

ひと笑いしてから、

「んーとね。大きいヒミツがいくつか。小さいヒミツがたくさん」

「……つまり、とにかくたくさん、ってこと？」

「うん」

「そんなにたくさんヒミツがあったら、もう気にしても仕方なくなくね？」

「でもわたし【心ぴょんぴょん】だから。お兄ちゃんはわたしのイラストが推しなんだよね？　しかも一緒に住んでる家族だし。気にしないのは無理なんじゃないかな？」

まあね！

そうなんすけどね！

見透かされてぐうの音も出ないまま、俺は白旗をあげる。

「じゃあ教えてくださいよ。とりあえず大きなヒミツってやつから」

「んー。それはホントにヒミツだから。教えない」

「ここまで引っ張っておいてその仕打ち!?」

「ものごとには順番、ってものがあるよ。まずは小さいヒミツから、でしょ？」

「はいはい、わかりましたよ……それで？　たくさんある小さいヒミツのうちのひとつを、教えてもらってもよろしいでしょうか、涼風さん？」

俺は彼女を名前で呼びながら、両手を合わせてお願いのポーズを取った。

涼風は「あ、名前呼びだ」とうれしそうに言ってから、

「じゃあヒミツ、ひとつ教えるけど。いいかな？」

「ええどうぞ。どんなんすか」

「わたし【いっしょに寝てる人がそばにいると、朝ぜんぜん起きられないタイプ】です」

「……なんすかそれ？」

「それに【頼れる人がそばにいると、遠慮なく頼っちゃうタイプ】でもあるから」

「……というと、つまり？」

「つまりね」

ふふ、と目を細めて、

「わたしは朝起きられないし、朝の仕度もなんにもできないと思う。ごはん作るのも、学校に行く準備をするのも、それ以外もいろいろ。だから、お兄ちゃんが手伝ってくれると、うれしいかな、って」

「手伝う。俺が」

「うん」

「ええと、それはどのレベルで？　朝起こすぐらいならできるし、朝ごはんの仕度も、まあ普通にできるっすけど」

「んーとね。もっとそれ以上、かな？」

「具体的には？」

「髪をコーミングして、ブローして――」

「え？　そこから？」

「メイクもぜんぶお願いして――」

「いやいやそこは。あなたギャルなんだから。そういうのは自分で──」

「服も着替えさせてもらって──」

「それは【えっちなこと】のうちに入るんじゃ？」

「あと歯磨きもしてもらって──」


「いやあんたホントに何もできねえな⁉」


というかやるが気ないだろ⁉

そこまでいったら要介護レベルじゃん！

一体どこまで頼り切りになるつもり⁉

「でも、お兄ちゃんって、頼れそうな人だから。頼れたらうれしいかな、って」

「いやいやダメでしょ！　常識で考えて！」

「ほんとにだめ？」

可愛（かわい）くお願いされた。

いやいやダメですって。

そんな顔されると──ただでさえトップギャルな人で、そのうえ推しの神絵師な人から
そんなこと頼まれると──悲しき男の性（さが）ゆえか、それともオタク的な趣味を持ってしまったゆえの悲しみか。

ぜったいに嫌、とまでは。
言えないいんだよなあ。ホント悲しいことに。

『過ぎたるは及ばざるがごとし』

とは良く言ったもの。

重ねて言うが、当たりくじは必ずしもプラスの影響ばかりをもたらすわけじゃない。

ここへきて、ようやく俺はそのことを悟ったのだが。気づいた時にはあとの祭りである。

というか、仮にこうなることがあらかじめわかっていたとしても、この苦労を回避することは難しかっただろう。

これも重ねて言うが、相手は【一ノ瀬涼風(いちのせすずか)】であり【心ぴょんぴょん】さんなのだ。

片方だけでも身に余るのに、それがふたつ同時ときたら。まあ無理だよな。俺がどうあっても劣勢に立たされてしまうのは、もう仕方ないことだと思う。

それにしても展開が早すぎるだろう——着替えを見ちゃったり、押し倒しちゃったり、同じ部屋で一夜を過ごしたり——この時の俺はそう思っていたんだが。

でも後になってわかるんだ。

そうでもなかったな、って。

なんならここまではスローペースだったな、って。

一ノ瀬涼風と接点ができた、ってことは、芋づる式に大小さまざまな事件を運んでくるということであり、俺は否応(いやおう)なしに巻き込まれていくことになってしまうんだ。

つまり、

『本当の戦いはこれからだ』

なんだよな。ある意味では。

†

涼風は宣言どおりに行動するタイプの人間らしい。

翌朝。

俺がとっくに起きて朝メシを作ったり、学校の準備をしたりしてる間も、彼女はベッドですやすやと眠っていた。

ちなみに寝顔がめっちゃ可愛かった。このまま寝かせてあげようかな、っていう仏心が出てしまう程度には。

とはいえ時計の針は七時を回っている。

ここらへんで目覚めてもらわないと遅刻が確定してしまう。

「おーい。朝っすよー？」

「…………」

「朝ですって、朝。起きてくださいそろそろ。おーい」

「……んー」

耳元で大声を出し、布団ごしに身体をゆする。

それでも起きない。

ええい、ままよ。

俺は決断した。

布団を剝ぎ取った。

「起きろ——やっ！」

あわてて布団を元に戻した。

「ちょっとあんた!?」

「……むにゃ？」涼風がようやく目を開ける。

「なんで脱いでんの!?」

「ふぇ？」

「パジャマ、ほぼ脱げてるじゃないすか！」

一瞬見えた、あられもない姿。

まあ下着だったんすよ。

昨日も脱衣所で見たんですけどね。例のあの、黒くてエロいやつですわ。

「あんた、脱ぎグセまであるんすか!? どんだけ属性持ってんだ!」

「あ、うん。はい」

うなずいて、のそのそと身体を起こした。

「スト――――ップ!!」

「ふぇ?」

「だから言ったでしょあんた脱いでるって! 脱いでるのにそんな風に起きたら見えちゃうでしょ! いろいろ見えちゃうでしょ俺に! 見せちゃいかんものが!」

「わたし、あさ、よわい」

「でしょうね!? まあ見りゃわかるよね!」

「おきがえは?」

「こてん、と首をかしげて甘えんな! 自分でやってそのくらいは!」

「じゃ、ぬぐ」

「いやだから俺がいないとこでね!? というかもうほぼ脱げてるけどね!」

「じゃ、きる」

「いやいやちょっと待って！　パジャマのボタンをつけ始めないで！　着るんじゃなくて脱ぐの！　いやだから俺がいないところで脱いで！　いや脱がないで！　——ああもうややこしいなこれ⁉」

†

そのあとも一苦労だった。

いや、一苦労なんてもんじゃないな。百苦労ぐらいは軽くあった。

まず、ずっと寝ぼけてるのはデフォ。

その上で朝からシャワー浴びたいとか言い出すし、着替えも結局は満足にできないから手伝うしかないし、自分のツラにメイクを施す手もおぼつかないから人生で初めてリップなんか手にする羽目になったし。

朝ご飯を食べさせる手伝いもしたし、玄関で靴を履くのも手伝った。

手伝わなかったのはもう、あとは歯磨きぐらいのものである。歯磨きはマジであかん。

俺は知ってるんだ、歯磨きは……あれは、とってもとってもセンシティブな行為であることを。アレはあかんよ、アレは危なすぎる……アレまで手伝ってしまったらもうお終いよ、色んな意味でな……

ともあれようやく家を出て、ちんたら歩く涼風の手を引っ張って走り、ぎりぎりのところで電車に駆け込んでホッと一息ついた時にはもう、一日の終わりみたいに俺は疲れ切っていたわけだ。

「間に合った？」

満員電車の中、ようやく目が覚めてきたらしい涼風が、微笑みながら訊いてくる。

「ええ、間に合いましたよ。おかげさまで」

「よかった。ありがとね、お兄ちゃん」

俺の皮肉なんてまるで効いた様子もなく、素直に礼を言う涼風。

返事をする気力もなく、俺はげっそりため息をついた。

いやもうね。

想像以上でした。

こういうことになると、宣言に近いものはあらかじめされていたけど。ここまでホントにこういうことになるとは、さすがに予想がつかなかった。

一ノ瀬涼風……思った以上にとんでもねーヤツだった。

こんな手の掛かる義理の妹を置いて、我が父と侑子さんは新婚旅行に出かけやがったのか。せめて取り扱い説明書みたいなもんを置いてってくれよ。いきなりこんな別ゲーみたいな女子を預けられても、普通は対処できんぞ？

「というか」

満員電車の中。

ものすごーく顔と顔が近い距離で。涼風がそっとささやいてくる。

「お兄ちゃん、有能。あんなにいろんなこと全部できるって、すごい」

「……そりゃどうも」

「すごく頼りになる」

「できれば俺を頼らずにひとりで全部やってほしいんすけど」

「できるだけがんばるけど」

にんまり、猫みたいに目を細めてくる。

「でもむずかしいかも？　お兄ちゃんが頼りになること、もうわかっちゃったし」

「つまり、これから先も毎朝ずっと？」

「んー。毎朝っていうか、お昼も夜もずっと？　かな？　わたし、頼れる人がいると遠慮なく頼っちゃうタイプだから」

「そっすか……」

反論するのも億劫（おっくう）だった。

同時にちょっとした確信もあった。

たぶん、一ノ瀬涼風の言うとおりになる。

ギャルってやつは、いわば人類の上位互換であり、〝強い人種〟の代表格だ。

強い人種が口にする言葉には〝力〟がある。

そいつと太刀打ちするには、ちょっと俺の器が足りなすぎる気がする。

しかも彼女はあの【心ぴょんぴょん】さんなわけで。

つまりこれは、一ファンでしかない俺が、神絵師に奉仕することができる、特別にして絶好の機会でもある——という解釈もできるわけで。

ただの【隣の席のハイスペック義妹ギャル】だけならまだしも、そこに【崇拝の対象】という属性までもがついてくるわけで。

うーん。

複雑だ。

俺はまだ、俺が引き当てた宝くじについて、うまく呑(の)み込めないでいる。

と、いうか……

「あの、ですね」

「ん？　なぁに？」

「……いや。なんでもないっす」

言いかけて俺はやめた。

満員電車の中である。

がたんごとん、がたんごとん、と揺れる電車の中で、出勤途中だったり通学途中だったりの老若男女が、立錐の余地なくひしめき合う空間である。

目の前に一ノ瀬涼風が立っている。

吊り革も握らず、俺より少しだけ低い身長の彼女が、押しくらまんじゅうされながら俺の方を「？」って感じで見上げている。

まあ当たるわけですよ。当然ながら。

色々とね。何がとは言わんが。

だって密着してるんだもの。俺と、一ノ瀬涼風。

がたんごとん、がたんごとん、って揺れてればね。電車以外にも揺れるものはあるわけですわ。何がとは言わんけどね。

「お兄ちゃん」

「何すか」

「えっちなこと考えてる？」

「いえまさか。何すかえっちなことって」

「ふーん。ならいいけど」

あんまり信用してなさそうな顔の涼風だった。

まあ信用してもらわなくて結構である。だってえっちなこと考えてるからね。

あといい匂いするからね。密着してる彼女から。香水やらシャンプーやらそれ以外の何かが混じり合った、ほのかな、それでいて痛烈ないい匂いが。

こんな人口密度が過多な車内で、すごいよな。

しっかり嗅ぎ分けられるんだよな、一ノ瀬涼風の匂いって。密着を差し引いても区別がついてしまう。なんか俺、変態っぽいか？　でも事実なんだから仕方ないよな。

そして顔よ、顔。

これまでも何度か至近距離で見てるけど。

やっぱすごいわ、このツラ。

近くで見れば見るほどすごい。マツエクしてないのに何でこんなにまつげが長いんだ。肌の艶とか質感とかヤバいだろ。下手(へた)に化粧したらむしろ良さが消えてしまうだろ。そして俺の下手な化粧でもそれなりには見えてしまうっていう、地力の高さな。

目と鼻の先で。

こんなの見せられて。

しかもゼロ距離状態で押しくらまんじゅうとなれば。

まあ煩悩全開ですわ。普通はそうなるよね？

「あー、ちなみにっすけど」

話題そらしもかねて、俺は切り出す。

「どうしましょね？　学校は？」

「学校は今から行くけど？」

「そういうことじゃなくて。なんつーか、俺と涼風さん、兄妹になったわけで」

「あ、それね。わたしはどっちでもいいよ」

あっけらかんと涼風は答えた。

何の話かといえば、これはもう明白で。

〝学校で俺たちの関係はどう処理するか〟

これに尽きる。

なにせ繊細な対応が求めらるわけですよ。

校内ナンバーワンのトップギャル様が、フツメンの俺と兄妹になって、一緒に暮らし始めました、なんてのは、学校の秩序を揺るがす大ニュースなんだ。スキャンダルと言ってもいいね。

「言っても言わなくても別に。わたしは気にしない、かな？」

「気にしないでいられるのはたぶん、アナタだけだと思うっすけど」

「お兄ちゃんは嫌？」

「嫌っていうか……現実的な問題になると思う。痛くもない腹を探られるっていうか、余計な波風を立てるっていうか」

「つまりこうだよね？　『あえて言わなくてもいいし、あえて隠さなくてもいい』。てことはいつもどおり、じゃないかな」

「こうやって一緒に学校行ってる時点で、いつもどおりも何もなくない？」

「あは。それはそっか。まあなるようになる、って感じで」

けろっとしている。

このへんはやはり、見た目どおりのギャル様なのである。

さっきも説明したとおりだ。ギャル＝強い人種。

それでいてイラストの才能も神レベルだってんだから、世の中ってやつはホントにこうね、なんというかね。

——と、その時。

がたんっ、と。電車が揺れた。

走行中の電車である。揺れるのは当然のこと。

毎朝この電車に乗ってるんだから、俺だって素人（しろうと）じゃない。揺れることには慣れてるし、バランスを取るなんてお手の物でございますよ。

いつもならね。

でも今日は〝いつも〟じゃなかった。精神状態とか、まあそのへんが。いつもどおりの冷静さじゃなかったわけです。

結果。

がたんっ、と揺れたのと同時に、俺はあっさりとバランスを失って。

その他大勢の乗客といっしょに、他愛もなく左右に身体が振れてしまって。

さらにその結果。

むぎゅうううっ、と。

俺と涼風の密着の度合いが、一段と高まってしまったのでした。

「…………」

「…………」

うわ近っか。

目の前に、というか鼻と鼻がくっつきそうな距離に、一ノ瀬涼風の顔がある。暴力的な顔面偏差値を誇る、強ギャルの顔だ。

俺と彼女って、あんまり身長変わらないんだよな。

こんな人口密度でこんなに密着したら。顔と顔、めっっっっちゃ近く、なるんだよな。

そして胸の感触がエグい。

密着に加えて圧迫があるせいで、ただでさえ大きなお胸の形がエライことになっとる。

「お兄ちゃん」

「なんすか」

「えっちなこと考えてる？」

「いえまさか。何すかえっちなことって」

「ふーん。へーえ」

涼風はジト目だ。

ほっぺたもちょっと紅くなってる。

トップギャル様で強い人種――だけど。決して貞操観念のぶっこわれたビッチ、ってわけじゃないところがまた。

いいんですよね。この同級生兼、同居人兼、義理の妹な神絵師は。

†

私立青原学園高校の最寄り駅に着いたあとは、別行動。

俺は単独で二年Ａ組の教室へ。

「よーう」

「おーっす新太」

教室に入ると友人ＡＢが迎えてくれた。

富永と池沢。

見慣れた普通の顔。安心と信頼のフツメン同級生である。

「……なんだ？　気持ちわりーな新太」

「なんか『癒やされるぜ……』みたいな顔してるね。普通にキモいよ？」

口々に罵ってくる富永と池沢。

そうそう、これだよこれ。

このノンプレッシャーな、軽口っぽいやり取り。

昨日の夕方からこっち、ずっと無縁だった俺の日常。

癒やされるんだよまさに。戦場帰りの兵隊さんの気分って、きっとこんな感じだろうな。

「キモくて結構だよ」

俺は涼風ばりの微笑み（ほほえみ）で言った。

「ウザくてもヤバくてもいいから、ひとこと言わせてくれ。――お前らはこれからもそのままでいてくれよ、友人ＡＢ」

「誰が友人ＡＢやねん」

「それ言ったら新太は友人Ｃのポジションでは？」

「つーかなんかウザい」

「そしてヤバくもある。なんか薬でもやってんの？　病院紹介するよ？」

追加で罵ってくれる富永と池沢だった。

いやー。

癒やされるわ。

そしてこの扱いをされて癒やされてるのは、確かにキモくてウザくてヤバいよな。

でも仕方ないんだよ。戦場から帰ってきた、そしてまた戦場へと帰っていくであろう俺にとっては、当然の感情なんだ。

もちろん宝くじの当たりを引いたわけだから、役得もすごいんだけど。でも無邪気に喜んでばかりいられないのは、これまでの流れからも明らかなのである。

軽口の合間をぬってスマホチェック。

父からLINEがきている。

俺と涼風の新生活を気遣う内容。侑子さんも心から感謝している、何かあったら遠慮なく連絡してくれ——とのこと。

もちろん遠慮なく連絡するさ、本当に重大な事故とか事件が起きたらな。

けど俺だってもう高校二年生。それなりに分別はある。ちょっとやそっとのことで連絡する気はさらさらない。

せっかく新婚ふたりがハネムーンを楽しんでるんだ。こっちのことばかり気にしていたら、楽しめるものも楽しめないだろう。帰ってきたら死ぬほど追い込んでやろうと心に誓いつつも、今は素直に幸せを祈る。

その旨を書き添えて返信。
「お。一ノ瀬だ」
「お。ホントだ」
友人ABの呟きに、俺もスマホから顔をあげる。
登校途中で合流したらしいギャル様ご一行が、教室にお出ましだった。
ツインテールの黒髪にピンクのインナーカラー。地雷系ギャルの、
【安城唯】。
やたら複雑な髪の編み込みに大量のアクセ。ゆるふわ系ギャルの、
【御木本やよい】。
茶髪ショートにまん丸なオシャレ眼鏡。委員長系ギャルの、
【仁科清美】。
そしてご存じ我らがトップギャル様。あらゆるパラメーターが規格外な、
【一ノ瀬涼風】。

「……やっぱいいよなー」

富永がため息をついた。

「うちのクラスのギャル様たち。レベルたけーわ」

「見てるだけでいい気分だよね」

池沢も深く頷(うなず)いている。

「うちの学校って、わりとギャル多めだけどさ。ここまでレベル高いクラスは他にないよね」

「見てるだけでも眼福。ありがたや」

「カーストの低い俺らとかはパシリとかにされそうなもんだけど、そういうこともないもんね、うちのギャル様たちは」

「むしろパシリぐらいは喜んでやらせてもらいたい」

「ほんとそれ」

「だが俺たちはそもそも眼中に入ってない説」

「ほんとそれ」

阿吽(あうん)の呼吸で盛り上がっている友人ふたり。

富永も池沢も、わりと素直なタイプである。

ひねくれて『ギャルとかいらねーわ』『ぜったいビッチだよな』みたいなことを言い出さない分、俺から見たふたりの評価はけっこう高かったりするのだ。

だって、ギャルってやっぱいいもんね。

趣味かどうかはさておき、ハイスペの女子たちには違いないんだもん。

ちなみに俺は『あの葡萄は酸っぱいにちがいない』って言っちゃうタイプ。友人ふたりへの評価が高いゆえんだ。

そして今、俺はとっても不思議な気分。

学校全体で見ても超ハイレベルなうちのクラスのギャル様たち。

その中でも圧倒的なスペックを誇る、一ノ瀬涼風。

あの子、俺の妹なんだぜ？

ていうか一緒に暮らしてるんだぜ？

着替えを見ちゃったり、アクシデントで押し倒しちゃったり、同じ部屋で寝たりしてるんだぜ？

それどころか、憧れの神絵師【心ぴょんぴょん】さんその人なんだぜ？

ただまあ、どうやら一筋縄ではいかない相手でもありそうなんだけど——

そんなことを考えながら、ぼんやりとギャル様たちを眺める俺。

四人のギャル様たちはいつもどおり、四人で固まって談笑している。

会話の中心はおおむね【御木本やよい】だ。見た目どおりのユルいテンションで、しかし会話が途切れないのが彼女である。今この瞬間も、四人の会話の起点になっているのは彼女のようだ。いわばギャル四天王の、ややポンコツ気味なエンジン役、ってところか。

そのエンジンの調整役を担っているのが【仁科清美】。成績優秀で面倒見のいい委員長タイプだけど、生態はギャルという、彼女はいわば突然変異タイプ。ゆるふわしすぎな傾向がある御木本やよいの会話を、彼女は右に左とうまくコントロールしている。いわば四天王のツッコミ役。

そこに君臨する女王様タイプが【安城唯】。四天王の中でいちばん背も低くて身体も細いのだが、とにかく勝ち気そうで声も態度もでかい、プチ専制君主といったポジションだ。裏表の激しい性格らしく、先生方としゃべる時は一転して媚び媚びな態度になるという、世渡り上手なタイプである。ちなみにツラの良さは誰しも認めるところで、一ノ瀬涼風が登場するまでは私立青原学園において最強レベルの見た目人気を誇っていた（俺調べ）。

そして【一ノ瀬涼風】。

見た目の良さだけですべてを解決できる、一種の超常現象(フエノーメノ)。ハイレベルギャルたちに囲まれてもなお異彩を放つ、ヒト遺伝子の最高傑作。

転校生ということもあって、なんとなく食客身分というか、ゲストあつかいな雰囲気のある彼女だが。キャラの濃い四天王の中にあっても違和感なく馴染(なじ)んでいるあたりが、いかにも一ノ瀬涼風、って感じがする。

ちなみにどう馴染んでいるかといえば、会話にはあまり参加せず、基本的にはずっとスマホをいじっていて、仲間たちの会話にはうなずいたり微笑んだり――お世辞にも積極的に関わっている様子ではないのだが、そこは一ノ瀬涼風。〝なんとなくうまいこといい感じの雰囲気にしてしまう〟あの微笑があれば、たぶん地球の裏側でも通用する。

……と、まあ。

以上が俺の観察結果でした。

こう見えて俺は、空気を読む力はそこそこある方だと思っている。

その力でつぶさに四人のギャルたちを眺めてきた分析は、それなりの説得力を持つと思うのだが、どうだろうか? なお、『ろくに会話したこともないくせに』的なクレームは受け付けません。

と。

その時だった。

こっそり気配を消して、盗み見るように四天王を眺めていた俺へ。

不意に、である。

四天王の【女王様】――安城唯が。こっちを向いた。

じっ、と。まるで値踏みするように。

俺は光の速度で目をそらした。

それでもまだ視線を感じる。ほっぺたに刺さるようなやつを。

ひえぇ――俺は肝を冷やした。

え、なんかこわっ⁉

俺なんかした⁉

まあ確かに、庶民でありながらギャル様たちのご尊顔を見つめてしまうのは、不敬罪すれすれの行為かもしれないけど。でもそれだけだよな？

いわば学園のアイドルに近い彼女たちからすれば、普通人の俺たちから集める視線なんて慣れてるものとばかり思ってたんだが。安城唯って、見た目がとびきり良いだけに、目ヂカラがきっついから。不意打ちでこっち見るのはやめてほしいです。心臓が止まるかと思ったよ……

目が合ったのはなかったことにして、石像のフリをしていると。ようやく視線が外れてくれたように感じた。

九死に一生を得た気分。

いやホント、寿命が縮まりますね、こういうの。

気分転換がてら、俺はスマホの電源を入れる。

指がひとりでに、習慣になっているTwitter巡回の操作に入っている。

そして気分転換といえばもちろん【心ぴょんぴょん】さんのイラストなわけだ。

最新作のバニーガールから始まり、過去作品をひとつずつ遡って鑑賞していくにつれて、心が落ち着きを取り戻していく。推しのイラストはやはりいい。ほんとにそのうちガンにも効くようになると思う。

新作がアップされてるわけじゃないけど、十分にこうかはばつぐんだ。

というか新作なんてアップされてるわけないけどな。【心ぴょんぴょん】さんはついさっきまで俺とずっと一緒にいたわけだから。それでもけっこうな時間、スマホでイラスト描いてたみたいだけど。

そう、イラストですよ。

リクエストのネタを考えなきゃ。

昨夜の取引成立により、俺は一ノ瀬涼風＝心ぴょんぴょんさんに、自分のリクエストでイラストを描いてもらうことが決定してるわけで。

とんでもない栄誉なんですよ、これは。

フォロワー数はまだ数千とはいえ、今後はその十倍も百倍もフォロワー数が伸びていくであろう神絵師が、俺のリクエストでイラストを……しかもその神絵師の正体は一ノ瀬涼風っていう……。

しつこくて恐縮だけど、すげえなホントこれ。

しかもそのことは、目の前で雑談して駄弁（だべ）っている友人ＡＢはもちろん、トップギャル四天王の仲間たちでさえ知らない秘密なのだ……たぶんだけど。

ていうか、涼風がイラストを描いてるってこと、どのくらいの人が知ってるんだろ？

今も彼女はスマホをいじってて、それはたぶん何かのイラストを描いてるんだろうけど。

【神絵師・一ノ瀬涼風】の事情を、俺はほとんどまったく知らないのである。

でもそれも、きっと追々知っていくことになるんだろう。

だって俺、彼女のお兄ちゃんだしな！

ひとつ屋根の下に住んでいる家族だしな！

アドバンテージめっちゃたくさんあるんだよね！　めちゃくちゃ手が掛かる女子だってことは、いったんおいておくとして！

……と。

そんな風にご満悦していた俺なのだが。

「――ああん？」

Twitterを眺めながら、思わずガラの悪い声をあげてしまった。

「お？　どした新太？」

「ヤンキーっぽく凄んでみても、ぜんぜん迫力ないよ？」

「いやちょっとな。イラッとすることがあってな……」

富永と池沢に、スマホの画面を示してみせる。

「んー？　Twitterのイラストにコメントがついてんな」

「新太がいつも推してるあの絵師だね。それが何か？」

「ばっかお前ら。ちゃんと読めちゃんと。この舐めくさったコメントをよ」

スマホの画面を指さして、俺は主張する。

神絵師の神絵にコメントがつく。これはまあ普通のことである。

というか俺もコメントはつける。なんなら毎回つける。推しへの称賛を惜しまない、これがファンたる者の基本である。

それはいい。

問題はコメントの内容だ。

「ほらこれ。読んでみてくれ」

「んー何々……『バニーちゃんイラスト激アツ。ぺろぺろしたい』『というか心ぴょんぴょんちゃんをぺろぺろしたい』『むしろ結婚したい。つきあって』『ガチ恋してます』『オデの小説にイラストつけてほしい』『連絡先おしえてください。ＤＭプリーズ』」

「へーえ。これってアレか？　粘着コメント的なやつか？」

　富永と池沢が首をかしげ、俺は大きくうなずく。

「いるんだよ、こういうキモいファンがさ……」

　ＳＮＳのいわば宿業である。

　顔が見えない立場をいいことに、無責任なコメントを投げつけて、悦に入る輩（やから）たち。

　心ぴょんぴょんさんほどの才能の持ち主であれば、この手のゴミが湧くのも致し方ないところではあるのだが。ついに現れてしまったか、というのが正直な感想である。

「迷惑なんてもんじゃないんだよな。もし万が一にもよ？　こういうアホなコメントを書き込むアホのせいで、神絵師様が描くのをやめたりしたらどうしてくれるんだ？　そん時はどうやって責任を取るつもりなんだ？　輝かしい才能が地球上からひとつ消えることになるんだぞ？　神への冒瀆（ぼうとく）だと思わんか？」

「まあわからんでもないが」

「それでキレ気味になる新太も、それはそれでキモい気がする」

「なんだとこのトンチキ野郎ども。俺みたいな清いファンと、そんじょそこらのキモいファンを一緒にすんじゃねえ」

ま、こういう反応も致し方なしか。

心ぴょんぴょんさんの神イラストを見ても大した反応のできない、感性のとぼしいヤツらである。むしろ話を振った俺が馬鹿だったのかもしれん。

だが実はこの問題、けっこう冗談では済まされないと感じているのだ。

なぜならこれらのキモコメントの数々は、たったひとりのユーザーが書き込んでいるものだから。

ちょっとした出来心ならわかる。神イラストを見て脳みそが溶けた連中が、脳みそ溶けたテンションでアホな書き込みをすることは、ままある。でもそういうコメントは往々にして単発的で散発的なのだ。ある種の集団心理がなせる業……渋谷のハロウィンパーティーの馬鹿騒ぎに近いと言えば想像がつくだろうか。

だけどこの【大空(おおぞら)カケル】とかいうアホなユーザーは、わりと短期間に数十を超えるコメントを残していて、しかもその内容がどんどんエスカレートしているのが読み取れてしまうのだ。

そして今日、そいつは一線を踏み越えた。

『連絡先おしえてください。ＤＭプリーズ』だと……？

もはやマナー違反を超えて犯罪行為にも等しい。ちょっとわからせてやる必要があるんじゃないかな、と俺は思うわけです。

「というか新太、そいつのコメントを一から順に確認してるってこと？」

「わざわざんなことまでやってんの。やっぱキモくない？」

「ガーディアン気取りだ」

「ミイラ取りがミイラになるパターンに気をつけてね？」

「ええいやかましい。俺がミイラになる可能性は万にひとつもないから安心しろ。何なら賭けてもいいぜ？」

「へー。大きく出るじゃん」

「ホントに賭けてもいいわけ？　あとで泣きごと言っても知らないよ？」

はっ、笑止だぜ。

なぜなら心ぴょんぴょんさんは、俺と家族になったんだからな⁉

しかもその人物は俺たちのすぐそばにいるんだからな⁉

なおかつ俺は、その神絵師に自分のリクエストでイラストも描いてもらえるんだからな⁉

そんなこと口にすると、マジで病院に連れていかれそうだから言わないけどな⁉　何せ自分で言っててもまだ事実だと信じられないくらいなんだからな⁉

†

……と、まあ。

そんな感じで俺が心の叫びをあげていたころ。

事態はとっくに進行していたわけだ。俺の人生が一変してからまだ、丸一日と経ってないこの時にはもう。抜き差しならないところまで様々な物事は進んでしまっていたんだ。

あとの祭りとは言うまい。

なぜなら俺がどう足掻いたところで、概ね手遅れになってたからな。フラグってやつは気づかないうちに立つもんだし、気づいた時には回収されてるものなんだよ。

一ノ瀬涼風。

安城唯。

そして【大空カケル】。

これらの人物が一堂に会し、俺だけでなく周囲のいろんな物事を巻き込んで、ちょっとした嵐を起こしていくことになるのは、もう少し先のことになる——

そんなこんなありつつも。

一ノ瀬涼風と家族になってから初めての登校日が、どうにか終了して。


「リクエストはどうするの？」

向こうから訊いてきた。

築十年の我が家、３ＬＤＫのマンションである。

なんだかんだと気苦労が多すぎるあまり、疲れ切って帰宅してソファーに突っ伏していた俺だったが。その声で飛び起きた。

「え、いいっすか？　その話、今いいんすか？」

「うん。そういう約束でしょ？」

「あざまーっす！」

速攻で媚びる俺である。

だって、これが一番のお楽しみなんだもの。

一ノ瀬涼風の言うことを聞くかわりに、俺のリクエストでイラストを描いてもらう。トップギャル様が義理の妹になって、下半身に響く役得もたくさんあるけど。この役得だけは魂に響く。

部屋着に着替えた涼風の胸元がわりと広めに開いていて、かなりえっちであることも、今だけは二の次だ。

この瞬間だけは【一ノ瀬涼風】ではなく【心ぴょんぴょん】さんを意識できる。

だったらもう、彼女はひとりの神絵師で、俺は単なる一ファンだ。

同人誌の即売会で、あこがれの作り手さんに初めて会って、握手したり差し入れを渡したりする——そんな感覚に似ているだろうか。いやよくは知らんのだが。

「どんなのがいい？」

となりに座りながら涼風が訊いてくる。

そこそこでかいソファーの、ほんとうにすぐとなり。拳ひとつぶんぐらいしか離れていない距離である。相変わらずパーソナルスペースが狭いなこの人。

「ええと。どんなのでもいいんすか？」

「うん」

「ホントにどんなのでも？」

「リクエストするのは無料だよ」

「……その言い方って、リクエストしてもけっきょく応じてくれない、みたいなパターンになるやつっすよね？」

「がんばりはする」

　否定されなかった。

　つまり『なんでも好きなリクエストをしてもいい』わけじゃないと。まあそれは仕方ないよな。Skebみたいな有料サービスだって、絵師さんがどんなイラストでも描いてくれる、ってわけじゃないもんな。

　と、それはそれとして。

　えええ。ちょっと待ってどうしよ？

　いきなり〝その時〟が来てしまうとヒヨってしまう、このファン心理よ。

　学校にいる間もあれこれリクエストを考えてはいたんだけど。ひとつに絞るとなると、これまた決断がつかないファン心理。

「ええと、ぶっちゃけですね。まだ決まってはいないんすけど」

「あ、そうなんだ」

「というか、とりあえずどのへんまでが【アリ】なのか【ナシ】なのかのボーダーラインがわからないんで。いくつかご提案させていただいて、その中から心ぴょんぴょんさんがピンとくるお題を選んでもらう、って形にするのはどうっすかね？」

「あは。なんかお仕事の話をしてるみたい。……で、たとえばどんなお題？」

「ええと、具体的にはですね——」

俺は、俺が思い描いているイメージを簡単に説明した。

舞台はここではないどこか。

幻想種が跋扈し、剣と魔法が支配する、ファンタジーの世界。

ヒロインはとある王家の姫君だ。

彼女は軍事大国である母国において、臣民からの信望が厚い姫騎士。王国軍の一師団を預かり、王国の東西南北を所狭しと駆け回って連戦連勝を収め、救国の英雄として名声が鳴り響いている。

美しく、私心がなく、自らの功績におごらず、常に謙虚な姿勢を貫く、模範的な英雄である姫君。

しかし王国は、権謀術数が渦巻く魑魅魍魎の住処だ。姫君は小細工に長けた兄王子たちから嫉妬を買い、無実の罪を着せられて国を追放されてしまう。

だが彼女は、持ち前の清廉潔白さと実力でもって逆境を切り開き、王国の暴政に不満を抱く民たちやレジスタンス、幻想種をも味方にして革命軍を結成し、あるべき正義をつらぬいて伝説となっていく――

……みたいな。

大まかにはそんな感じです。

ちなみにこの話、俺が中学校の文芸部だった頃に考えた、未発表のファンタジー小説の設定に基づいている。痛いヤツですまん。

でも誰だってそうするよな？

自分の考えた小説の挿絵を、同じクラスのトップギャル様にして神絵師である人が描いてくれるかもしれないんだぞ？　ワンチャン通るなら通ってくれ、とお願いするのは人情ってもんだよね？　その可能性を得られるチャンスと比べたら、黒歴史をさらすことなんて屁でもないぜ。

「うーん」

そして一ノ瀬涼風は。

俺の長い説明を、ふんふん頷きながら聞いてくれて。

しばらく考えてから「うん」ともういちど頷いて、こう言ってくれたのだ。

「おもしろそう。すごく」

「え⁉　ホントに⁉」

「でも、うん。たぶん無理かな」

「ぎゃふん！」

思わず頭を抱える俺。

「や、やっぱダメっすかね？　自分の妄想ノートみたいなのを持ち出してきて神絵師様にビジュアル化してもらおうなんて考え、不遜すぎましたかね……？」

「んーん。そうじゃなくて。わたしの力が足りない」

涼風は首を振って、

「キミの考えてることは頭の中で思い描けるんだけど。それを絵にするだけのスキルがない。わたしぜんぜん下手だし」

「いやいやそんなことは。心ぴょんぴょんさん、めっちゃ上手いっすから。俺、マジで推してるっすから」

「ありがと。でも……やっぱり描けないかな。描いたとしてもわたし、描いたものに自分で納得できないと思う。ごめんね？」

「いやいや！　謝ってもらうことでは！」

あわててフォローする俺。

だがしかし、この提案は俺の第一希望——少しでも望みがあるなら、実現に向けて最善を尽くしたい。

なので食い下がってみる。

「ええと、たとえばなんすけど。キャラ単体とかでもいいんすよ？　俺がオーダーしたファンタジー設定って、ちょっと作画カロリー高すぎっすから。めっちゃ時間掛かっちゃいますもんね？」

「時間が掛かるのは別にいいよ。でも……うん、そう、今は上手くできないと思うから、やっぱり」

「たぶんなんすけど、ネックになってるのは背景とかじゃないすか？　たとえば適当な素材を加工するとか、そういうので対処できないっすかね？」

「できると思うよ。実際わたしもそういうやり方よく使ってるし。でも……うん、なんかちがう気がする、今回は」

「じゃあＡＩを使ってみるとかは？」

「あんまり変わらないんじゃないかな、それって。素材を加工したりするのと」

「まあ、そうっすよね……」

涼風は頑(かたく)なだった。

意外っちゃ意外だし、当たり前っちゃ当たり前なのだが。

彼女はどうやら、ちゃんとしたクリエイター気質であるらしい。

ふわふわとユルい感じで、だけどなんとなく主張を通していくタイプの強ギャルだから、やりたくないことは適当に流して済ますのかな、とか思ってたのだが。

なんなら『お望みのリクエストに応えてイラストを描く』という取引自体がそもそも、なあなあにされてしまう可能性だってあると思ってたんだが。

まったくそんなことはなさそうだ。

一ノ瀬涼風はどうやら、俺のリクエストに対して真剣に向き合おうとしてくれている。

え、なにこれ？

だいぶ、かなり。キュンとくるんですが？

「それにね」

涼風が重ねて言う。

俺のすぐ隣で、俺をじっと見つめながら。

その距離の近さと、整いまくっている顔立ちに、思い出したようにドキリとして。

そして俺は彼女の言葉に、別の意味でもドキリとすることになる。

「せっかくのキミが考えた〝物語〟でしょ？　だったらもっと大事にした方がいいよ。適当に作っちゃうんじゃなくて、いちばん納得できるやり方で。なにかの形にするのが、いちばんいいと思う」

「そ、そう……っすかね？」

「うん。そうだよ」

え、なにこれ？

ときめくんですが？

もしかしてギャルっていい人？　ぜんぜんこわくない？

え、やばい。好きになっちゃう。

「というわけでごめんね、別のリクエストでもいいかな？」

「かしこまりました！　ええと、それじゃあですね――」

俺は一も二もなく路線変更。

第一希望はさっさと封印して、次の希望は、っと。

「ええと、たとえばなんすけど」

「うん」

「ちょっと小さめの女の子とか、どうでしょうか？」

「具体的にはどんな？」

「たとえば年齢的には十歳ぐらいで。まだまだ子供なんだけど、でもまるっきり子供とも言い切れなくて、ちょっと大人への一歩を踏み出しかけているくらいの……恋愛の経験はまだないけど、となりの家に住んでる年上のお兄さんのことはちょっと気になってる、そんな女の子のイメージ……なんすけど」

「うーん」

涼風は首をひねった。

そしてまじまじと俺を眺めながら、こう訊いてきた。

「キミって、ろりこん？」

「いいえまさか」

俺は真顔で否定した。

「十歳ぐらいの女の子のイラストをリクエストしただけでそんなこと言われちゃあ、こっちは立場がないっす。あくまでも俺は紳士です。そこは保証します」

「紳士って、ろりこんの隠語だよね？」

「怒られるっすよ、んなこと言うといろんな人に。……だいじょうぶっす、そこは信じてもらっても。俺は単に趣味が広いだけの雑食タイプ、ってだけっすから」

「趣味が広いって、たとえば？」

「たとえば年上のお姉さまとかも大好きっす。大学生とか、ビジネススーツ着た会社入ったばかりの女の人とかもアリ。もっと上のアラサーまでは余裕でいけるっす。熟女ぐらいまでいっちゃうのもＯＫ」

「……けっこう攻めた趣味してるね」

めずらしくツッコまれた。

とはいえここは、神絵師に描いてもらいたいイラストをリクエストするシチュエーションだから。自分の性癖を明かしてナンボだろう。

まあさすがに『同級生もいけます！』とは言わなかったけどな。

もちろん『おっぱい大きいのも大好物です！』とも言えなかったけどな。

「で、どうっすかね？　いけそうっすかね？」

「うーん……」

涼風が考える。

そして返答。

「描ける気はする」

「おっ！　じゃあそれで！」

「でも、あんまり気は乗らないかも」

「あふん」

肩を落とす俺。

「ダメっすかね？　ロリ少女」

「ダメじゃないよ。むしろ好きなモチーフだけど。うーん……でも、思い出して描かないとだし。上手くいかない気がする」

思い出す？

何をかな？　自分の過去の姿か？　別にそこをモデルにしなきゃいけない理由はないと思うんだが。モチーフ用の画像集みたいなのとかも、たくさん出回ってるし。

とはいえ、神絵師様が『気は乗らない』と言ってるんだから。これ以上食い下がっても無理な気がするな。路線変更やむなしか。

「ええとじゃあ、いま話題に出たばかりってことで、年上のお姉さまとかどうすか？」

「具体的にどんな？」

「えーと、たとえば……テニスサークルに所属してる、一番人気の女子大学生で。いわゆるマドンナ的なあつかいをされてて、わりと真面目で清楚な感じを売りにしてるんすけど。サークルの先輩で遊び人なイケメンとはこう、裏ではとてもハレンチなことをやっててですね。表では決して見せないあられもない顔をですね、その先輩には見せるんだけど、同期の男子には絶対に見せない……みたいな。そんな感じのはどうでしょう？」

「キミ、そういうのが好きなんだ？」

「そりゃまあ好きか嫌いかでいえば、嫌いじゃないっすけど。今はこういう状況だから、ネタ出しのつもりで答えてるだけっすよ？　俺がそういうジャンルの同人誌ばっかり集めてる人間かといえば、別にそういうわけじゃないっすよ？」

「ふーん。そーなんだ。へーえ」

「なんとでも言ってください。ここはもう、覚悟決めて性癖さらしていくんで。……で、どうすかね？　このリクエストならいけますかね？」

「うーん……イメージがつかないわけじゃないんだけど。でもわたし、そういう女の人みたいな人生を経験したことないし……」

「いやむしろ経験してたらびっくりするけど。……ええと、結論から言うとそっちの方向は得意じゃない？」

「うん。ごめんね」

「ええとじゃあ、さっきも言ったビジネススーツの女の人は？」

「うん、嫌いじゃないよ。かっこいいよね、ビジネススーツの女の人って」

「おっ！　感触よさそうっすかね？」

「うーんでも、わたし会社で働いたことないし……」

「いやまあそりゃそうでしょ。ええとじゃあ、これもさっき出たやつだけど、熟女な女の人は？」

「わたし、熟女じゃないから」

「熟女だったらむしろ引くわ！　ええとじゃあ、逆におっさんとかは？」

「無理」

「間を取って、たとえばドラクエの勇者みたいな感じとかは？」

「どのへんが間を取ってるのかわからないけど、わたしドラクエやったことない」

「めっちゃ美少年とかにしてもいいっすよ？　なんならボーイズでラブなやつとかでも」

「そっちのジャンルくわしくないから」

そのあともいくつか質疑応答を繰り返したけど。

ことごとく空振りに終わった。

あれれ？

なんかちょっと雲行きがあやしくなってきてる？

「というかキミ」

涼風は探るような目つきで、

「わざとやってる？　わたしが得意な方向をぜんぶ外してきてるよね？」

むむ。

さすがにばれたか。

これでも俺は【心ぴょんぴょん】さんの信者を自認してるし、そこそこイラスト鑑賞については目が肥えてる自信もある。伊達にヒマさえあればTwitterでイラストを漁ったり、専門店に行ってめぼしい作品を物色してるわけじゃないんだぜ？

つまり、彼女がどんなイラストを得意としてるかなんて、最初からわかってる。

でもやっぱ、見てみたいじゃん？

信者やってる神絵師、それもまだまだ発展途上、これから先いくらでも進化できそうな才能が目の前にいてさ。その人が俺のリクエストに応えてイラスト描いてくれる、っていうんならさ。

新しい方向性、見てみたくなるっしょ？

これキッカケで作風が広がって、さらなるスーパー神絵師になってくれるかも、って、そんな夢を見ちゃうのは仕方ないじゃない。

「まあ、わからなくもないケド」

ちょいとジト目の涼風。

俺は反撃を試みる。

「いやでも、そっちも問題あると思うっすけど！」

「なにが？」

「いやだって、全部ダメ出しするじゃないすか、俺のリクエスト！　気が乗らないとか、作風が合わないとか、そういう理由もわからなくはないけど、でも全部ノーなのはどうなんすか！　【とはいえ描けるネタ】みたいなものも、ぜったいあるはずでしょ⁉」

「うん、そうだね。それは確かにあるかも」

「ほらそうでしょ⁉　だったら――」

「でもベストじゃない」

じっ、と。

ソファーのとなりに座る涼風がこっちを見つめてくる。

あんまり表情は変わらないタイプの彼女だけど。真剣味ってやつがにじみ出てる。化粧いらずの、ひどく透き通った両目から。

そんな目で見つめてきながら、このギャル神絵師様はこんなことを言うのだ。

「せっかくの機会だし、それにキミってホントにわたしのファンでいてくれるみたいだから。だったら今、わたしにできるいちばんいいイラストを描いてあげたいな、って思うから。だからこだわってる。簡単に決めずに――ちゃんとベストを尽くしたいって、そう思ってるから」

「――くうっ⁉」

思わず俺はのけぞった。

ぶっちゃけこれは効くぜ……神絵師からそんなセリフを言ってもらえるなんて。

リップサービスか？

でもリップサービスだったとしても、これ以上のものはないよなあ。姫騎士に忠誠を尽くす一兵卒の気分がわかった気がする。

「心ぴょんぴょんさん――いえ、ここぴょんさん」

「なに？」

「俺、推します。あなたのこと。一生ずっと推し続けます」

「ありがと。でも今そういう話じゃない」

塩対応。

たぶん今の彼女はガチのクリエイターモード。

「ええとじゃあ。アレ、どうっすか」

「アレって？」

「バニーちゃんっす。心ぴょんさんがTwitterで発表してる、現時点での最新作の、あのクールなバニーガールちゃんっす」

どことも知れない荒野に立ち、後ろを振り返りつつ、どこか一点を微笑みながら見つめているあの少女。

手に持っているのはスマホらしきもので、彼女の周囲には学校の教室で使うものとおぼしき椅子と机が整然と並んでいる——そんなヘンなモチーフの、だけど俺のハートを最新型の現在形で撃ち抜いた、あのイラストのメインを飾る子だ。

「あれ、もう一回描いてもらえないすか？　あれ、ホントすっごい良かったんで。まだ最近描いたばかりのものだろうし、なんていうか手癖みたいなもの？　もまだ残ってるんじゃないかと思うし」

「あー……はいはい」

「あのイラスト、ここぴょんさんにとって、今のベストだと思うんすよ。もちろんここぴょんさんなら、すぐもっと上まで行っちゃうと思うっすけど、そこを逆にもう一回見てみるのもアリかな、とかなんとか」

何を隠そう。

実はこれ、俺の本命だったりする。

でもさ、『描いたばかりのモチーフをもう一回』と言われたら、ちょっと抵抗を覚える絵師さんもいると思うのだ。逆にそれならハードルが低い、って思ってくれる絵師さんもいるかもしれんけど。

とはいえ、俺はここぴょん＝一ノ瀬涼風の性格を、ちゃんと知ってるわけじゃない。

どちらに転ぶかわからない賭け。

でも今ならいける気がする、そう踏んで選んだ一手なのだが、果たして。

「…………」

じっ、と。

値踏みするように、見透かすように。

涼風は俺を見つめている。俺はたじろいで目をそらし、すぐ思い直して視線を真っ直ぐ受け止める。

「どう……っすかね？」

「うん」

やがて彼女はこくんとうなずいた。

「いいよそれで。描いてみる」

「いよっ……しゃ！」

思わずガッツポーズ。

なんでもいい、と言われた割には、すっごい遠回りになったけど。そんなことはもはや過去のこと。

いやいや通りましたよリクエスト。素直にうれしいね。

「どんなのがいい？　ポーズとか背景とか、リクエストある？」

「あー……ポーズとかは、そうっすね、基本お任せで。ここはヘンに口を出すとややこしくなりそうなんで。背景とかは、ここぴょんの世界観で作られてるものだと思うんで、これもお任せした方がいいかな、って思ってるっす」

「そか。わかった」

「あ、でもいっこだけ。リクエストあるかも」

「どんな？」

「できればちょっとえっちなの、いいっすか」

「ふーん」

涼風はジト目。

「えっちなの、描かせるんだ」

「描いてほしいっす」

俺はマジ目。

「ここぴょんは、胸とか太ももとか描くの上手いですし。露骨なやつをお願いするのはさすがにアレですけど……いやまあ露骨なやつもアリはアリっすけど……これはもう、正式なオーダーとして。お願いしたいっす。ちょいえっちなの、ください」

「ふーん」

ジト目が三日月の形になる。

まるでいたずら猫みたいな微笑み。

「セクハラじゃないんだ？」

「もちろんっす」

「わかった。じゃあそのリクエストで描く」

「あざまーっす！」

「別にセクハラでもよかったけどね、キミが相手なら」

「へっ⁉」

「じゃ、今から描くから」

「ふえぇッ⁉」

びっくり二連発。

そして俺に構わずスマホを取り出し、すすすっと指を動かし始める涼風。

「ちょっと集中するね。今日のお料理とかお片付けとか、任せてもいい？」

「あ、はい。それはもう」

「わたしの引っ越しの荷物、これから届くみたいなんだけど。それを取り出したりとか、仕舞(しま)ったりとかも、お願いしていい？」

「逆にそれはお願いされていいものなんすか？　かなりプライベートな中身が入った荷物っすよね？」

「明日の学校の準備とかもお願いしていい？」

「それも普通は誰かにお願いすることじゃないっすよね？　女子的には」

「シャンプーとか手伝ってもらえる？」

「いやあんたホント何もできねえな⁉」

†

とまあ、すったもんだあった後。

家事とか基本的な生活の手伝いを俺に任せ、涼風はイラスト作業に取りかかった。

時刻は午後六時ごろ。

俺はキッチンで料理。

涼風はソファーでスマホいじり。

いやはや。

思いがけず早くやってきた瞬間。

推し神絵師が自分のリクエストでイラストを描いてくれるという、この栄誉。

しかも目の前で。リアルタイムで。

似た例がないわけじゃない。

たとえばサイン会とかね。自著にささっとイラストを添えてくれる、そんなサービスをしてくれるクリエイターも確かにいる。

でも、今の状況はちょっと訳がちがう。

一分とか二分で描く習作とかではなくて。がっつりと。本格的に。心ぴょんぴょんさんが、俺のオーダーに向き合ってくれてるんだ。

俺、前世でどんな徳を積んだのかな？

もしかして俺、今世で転生の輪廻(りんね)が終わったりしないかな？

そんな馬鹿げた不安に恐れおののきながら、作業風景をちらちら確認する。

ゆったりと足を組んで、ソファーに背を預けて。

ふんふんふん、と鼻歌を歌いながら、涼風は作業を続けている。

表情は穏やか。

穏やかというか、ほんのり微笑して。たぶん俺が新たな神絵を探してネット上を巡回している時みたいな、満たされた顔をしている。

それでいて集中している。

瞳孔がめまぐるしく上下左右しているのが見て取れる。

指の動きの速いこと。ものすごく上手いプレーヤーが音ゲーやってるみたい。

たぶんパッと見の印象とは裏腹に、彼女の頭脳はフル回転している。

インスピレーションがどばどば湧いて、そいつを目に見える形として出力すべく、全身全霊を傾けている。

「えーと、涼風さん？」

「んー？」

「晩飯はパスタにしようと思うんすけど。どんな味がいいすかね？」

「んー……」

「トマトっぽいのとか、バターっぽいのとか、ニンニクっぽいのとか。いくつかパターンあるんすけど」

「んー」

「トマトでいいっすかね？　味的にハズレにくいし」

「ん」

しゃべりかけるとこんな感じ。

反応はあるのだが典型的な空返事だ。ほぼ聞いちゃいない。旧世代型の自動応答ＡＩの方が、まだしもまともなレスを返してきそうだ。

気づいたけどこれ、教室でギャル友と駄弁（だべ）ってる時とほぼ変わらんな？

てことはあれか。わりとどこでも絵を描いてるってことだな、この人。スマホいじってる時＝創作してる、って認識でいいのかもしれん。

イラストを描くのはスマホいじりの延長。

そんな事実があらためて確認できた感じ。

「あー。涼風さーん？」

「んー？」

「パスタは細いのと太いのと、どっちがいいです？」

「ん……」

「細いやつだとすぐ茹（ゆ）で上がるし、ソースもよく絡みます。太いやつは茹で上がりに時間が掛かるっすけど、麺のもちもち感とか小麦の味とかはしっかり楽しめるっす」

「んー」

「太いやつでいいっすかね？　味的にハズレにくいし」

「ん」

しばし時間が経って。

パスタ料理が完成した。

「いただきます」

「はい、どうぞ」

はむはむとパスタを口に運ぶ涼風。

もちろんスマホは手放さないまま。器用な手つきで、ずー――っと指を動かしている。

才能ある人って、集中力ハンパないイメージあるよね。

なおかつ彼女は集中力が表に出ないタイプだ。視線の動きがやたらせわしないのと、指が動くスピード以外は、ゆとりある微笑を崩さない。

ちなみに完成したのは細麵クリームパスタ。

事前に申請していたメニューとはまったくちがうモノだが、涼風は何らツッコミを入れてこなかった。【気にしてない】のではなく【気づいていない】という印象だ。

さらにちなみに言うと、今夜はとなりに座ってこない。さりげなく対面同士にパスタ皿を並べて様子を見てみたのだが、これまた特に何も言ってこなかった。俺と彼女は向かい合わせでテーブルについて食事をしている。

ふといたずら心が湧いた。

「あー。涼風さん？」

「んー？」

「明日の朝ご飯。パンとご飯どっちがいいです？」

「んー……」

「パンだとちょっとオシャレっすよね、やっぱ。オムレツとかコーヒーとかと並べると、女子力あがる気が。でもご飯も捨てがたいっていうか。何だかんだで炊きたてのご飯がいちばんのご馳走（ちそう）だったりしますもんね。小麦は値段が上がり続けてるっすけど、ご飯はわりとお値段据え置きで、財布にも優しいっていう」

「んー」

「ご飯でいいっすかね？　日本人だし」

「ん」

「あー。涼風さん？」

「んー？」

「朝ご飯のみそ汁。白みそと赤みそどっちがいいです？」

「んー……」

「白みそはやっぱ玄人（くろうと）好みっすよねー。関西の人は食べ慣れてるかもだけど、どうしても

味が甘めにはなるかと。といって、赤みそもそれはそれで玄人好みっすよね。味は強いけどちょっとしょっぱくなっちゃうというか、合わせるおかずとか出汁とかも選んじゃう気がするというか」

「んー」

「やっぱわかめと卵のスープでいいっすかね？　中華風の」

「ん」

「あー。涼風さん？」

「んー」

「スリーサイズを教えてください」

「ん。上からきゅうじゅうご——」

ぴたり。

スマホをいじる手が止まった。

「ねえキミ」

「なんすか」

「今セクハラしなかった？」

「めっそうもない」

「ホントに？」

「つーか涼風さん、いま何の話してたか覚えてるっすか？」

「えー？　んー？　……なんだっけ？」

「政治とカネの問題について話してたっす。政治家っていつもカネの問題でモメてる印象じゃないすか」

「んー？　んー……」

「俺たち選挙権ないっすけど。消費税とかは払ってるわけだし、普通に選挙で投票できるようになったらいいと思うみたいな」

「んー」

　ふたたび『ん』の人に戻る涼風だった。

　ううむ。

　まさしくのれんに腕押し、糠(ぬか)に釘(くぎ)。

　ギャル友との会話もこんな感じなんだろうか。考えてみればいつも遠巻きに眺めているだけで、彼女たちが具体的にどんなやり取りを交わしているかまでは詳しくないんだよな。涼風ってまだ転校してきたばかりだし。

　そしてさりげなくすごい情報もゲット。悪ふざけでハッキングを仕掛けたら大企業の機密情報にアクセスできてしまったみたいな気分。

　というか、ちょっと面白いなこの人？

見た目がスーパーギャルだから、自然と身構えてしまっていたけど。意外とあつかいやすい人なのかもしれない。

まあでもこのくらいにしておこう。さすがに罪悪感ある。いたずら心を起こしてすいませんでした。

パスタを食べ終わって、俺はキッチンの片付け。

涼風は相変わらずソファーでスマホいじり。

――さて、これからどうしようか？

俺ひとりだっら、家事なんて適当にサボってもいいんだけど。曲がりなりにも女子がいるわけだし、それなりにしっかりしなきゃという意識は働く。

いつもならば、だ。

学校の準備なんかは、これまた適当に済ませて、マンガ読んだりアニメみたりソシャゲやったり、そしてもちろんイラストの巡回したりと忙しいんだが……どうやら新しくできた妹の世話を俺がやらなきゃいけない流れらしいんだよな。『頼れる人がいたらとことん頼る』のが一ノ瀬涼風という女らしいので。父と侑子さんからの連絡も特にないし、まあ年ごろの男女ふたりでよろしくやってくれと、そういうことなんだろうし。

うん。

とりあえず風呂でも沸かすか。

家族になったといっても、こっちはまだ涼風のことお客さん感覚でみてるし。自分ひとりだったらシャワーで済ましていいところだけど、そこは日本流のOMOTENASHIってやつだ。

そうと決まれば善は急げ。

まずは浴槽のチェックから。清掃済みだったと思うけど、ホコリとか溜まってるかもしれん。つーか、入浴剤ってなんかあったかな？　女子ってこういう時オシャレなバスボムとか使うのかもしれんが、当然うちにそんなものはない――

と、そんなこんなで。

青写真を描きながらバスルームに足を向けたところで。

涼風がスマホから顔をあげて、こっちに手を振って、

「おーい。お兄ちゃーん」

「はーい。なんすか？」

「できたよイラスト」

「早っ!?」

思わず目を剝いた。

「え、もう!?　できたの!?」

「うん」

「完成してるわけじゃないけど。ラフ描いてざっと色を置くところまでやったよ。今回はキミのリクエストで描いてるから、今のうちにチェックしてもらった方がいいと思って。こんな方向性でいいのかどうか」

「早すぎない⁉」

なるほどそういうこと。

いやでも、ラフと言ってもだよ？

今ってまだ午後七時を過ぎたところで。オーダーしてから一時間ちょっとしか経っていないわけで。それってたぶん、描くペースかなり速いよね？

「うーん……他の人のことはよくわからないけど」

考えながら涼風は言う。

「だいたいこのくらいだよ、わたしの場合。集中できたら」

「ははあ……そんなもんすか」

「今回はいいイメージも湧いたし。キミのおかげで」

「ええ？　そうすかね？　俺、別になんもしてないすけど？」

「そんなことないよ。キミのおかげ」

そうかあ？

そうなのかな？

まあそう言うのならそういうことにしとこう。気分いいし。

俺のおかげかあ……うん、悪くない気分。むしろニヤける。

いやしかしやっぱこの人、才能すごいのでは？　確かに『他の人のことはよくわからない』けど。体感としてこれは、かなり速い気がする。

いやでも待て。喜ぶにはまだ早い。

「ええとじゃあ。見せてもらえる……んです？　そのイラスト」

「うん。みて」

ひょい、と気軽にスマホを渡してくる。

いやええと、神絵師からそんな気軽に渡されると、こっちは戸惑うというか身構えるというか、心の準備がまだというか。まだラフの段階らしいから気軽に見させてもらいますけど、もしかして思ってたのとぜんぜん方向性が違う、ってこともあるわけだし。完成度が低すぎ、ってこともあるわけだし。その場合はリテイクってやつかな？　言っておきますけど俺、見る目は厳しい――

「はうっ」

一瞬だった。

一目である。
渡されたスマホを自分の見やすいように手で持ち替えた、その瞬間。
俺は心を奪われた。
思い切った俯瞰(ふかん)の構図。引きのカメラ。
ここではないどこか。遺跡のような、廃墟(はいきょ)のような、そんな背景。
ひとりしゃがんでいるバニーガール。
手に持ったスマホを口元に当てて、ふと気づいたようにこっちを見上げる視線。
その瞳には何やら意味ありげな微笑(ほほえ)みが浮かんでいて。

「はうっ」

もういちど俺は声を出した。そして思わず胸に手を当てた。
え、尊。
これ尊だわ。
口から魂抜けると思ったわ。
確かにラフだ。完成ではないかもしれない。
なのにこの完成度よ。

ミステリアスでファンタジックな題材。

画面をぐっと引きしめる、光と闇の強いコントラスト。

いわゆる『エモ』であり、それでいてバニーガールの『萌え』がメインディッシュであり。彼女がこちらを見上げてくる視線は、あくまでも透き通って——たとえるならそれは、忘れ去られた神殿の祭壇に捧げられた宝玉みたいな。なおかつ、仕草とか、谷間の見える胸元とか、太ももとかが、ほのかにえっちというか艶っぽくて。見事に俺の要望もクリアしてるっていう。

「うん。嫌いじゃない」

と言ったのは涼風だ。

俺のとなりからスマホを覗き込んで、満足げに微笑んでいる。

「なんか、今まででいちばんいいのが描けてるかも」

その言葉でさらに震える。

この絵が。心ぴょんぴょんさんのベスト。過去イチ。

「やっぱりキミのおかげ、かな？」

そうなのか？

そうなんだろうか。

当人がそう言うならそうなんだろう。

素直にうれしいけど。いやあ。でも。

クソデカ感情ってやつ。心が現実に追いついてこない。

でも確かに、このバニーちゃん新作を描くきっかけになったのは俺で。俺がいなければ存在し得なかった芸術だったことは事実なわけで。

ふと想像する。

最初に挙げた俺のリクエスト。

中学時代から温めてきた、ファンタジー小説の世界観。

今回は断られてしまったけど。もし、あのリクエストが受け入れられたら。

一ノ瀬涼風の手で、心ぴょんぴょんさんによって、あの世界が描き出されたのなら。

それってどんな気持ちになるんだろう？

いわば借り物のモチーフで描かれたこのイラストですら、俺をここまで感動させてくれるのに。

そんな夢のまた夢みたいな幻想が叶(かな)ってしまったなら——もう宝くじの当たりとかそういうレベルじゃなくて、人生すべてを捧げるに値する奇跡、とすら言えるんじゃないだろうか？

「なんか黙ってるー」

ほっぺたをつつかれた。

「なんか言ってくれないと、困るんですケドー？」

「あ、うん。いや。ごめん。あーいや……なんかもう、すっげえ感動しちゃって」

「あは。お兄ちゃん大げさー。まだラフだよこれ」

「ああ、そうなんだよな。これでまだラフなんだよな……もう十分すぎるぐらいレベル高いし、迫力もあるんだけど……」

「うーんでもね。ちゃんと塗って仕上げたら、なんかあんまりいい感じにならなくなっちゃうかも。そういうことよくあるし」

「いや。大丈夫でしょ。心ぴょんぴょんさんなら――一ノ瀬涼風なら。できると思います。必ず。絶対。もっといい仕上げに」

「…………」

涼風がちょっと黙った。

心なしかきょとんとした顔をして。ちょっと頰を紅くしているようにみえる。

「……キミって、急にそういうこと言うんだね」

「え。なにが？」

「なんでもなーい。はい、じゃあスマホ返して。つづき描くから」

「あ、うん。……え、でも何？　なんか気になるんだけど。なんかそんな風に意味ありげなこと言われると」

「教えてあげませーん」

そう言って涼風は。

手に持ったスマホを口元に当てて。

うふふ、と意味ありげに微笑んで。

（――ん？　あれ？）

その時ふいに。

俺の中で何かがひらめいた。

これまで感じ続けていた違和感の正体。

心ぴょんぴょんさんのイラスト。バニーちゃんをはじめとする美少女の数々。

どのキャラも似ているな、と思っていた。

なんならそのキャラたちはどこかで見たことがある気がしていて、作風の狭さは彼女の弱点だなー、なんて思ったりもしていて。

今、目の前でスマホを口元に当てている涼風と。

たったいま描き上げてくれたイラストのバニーちゃん――やはりスマホを口元に当てている――の姿が、まるでパズルがはまったみたいに一致して。

「んあああああッ⁉」

「わ。なに？　どうしたの。大声だして」

「これアンタやん！」

「え？」

「このバニーちゃんのモデル！　というか元ネタ！　アナタでしょこれ！」

まるで探偵役だな、と思った。

推理小説でたまに出てくる、事件に巻き込まれた素人探偵役。点と点がつながって線になって、ワトソン君ポジションの相方の目の前で勢いよく立ち上がり、『わかったよ犯人が！』みたいなこと言い出すキャラ。

今まさに俺、それになった気分です。

「というか君がこれまで描いてきた女の子のイラスト！　潔いくらい美少女イラストばかりで、しかも全部やけに顔が似てるなー、なんて思ってたけど！　もしかしてぜんぶ自分を描いてたのか！」

「あ、うん。バレた？」

照れたような、困ったような。

そんな顔で、えへへと頭をかく涼風。

そっか。そういうことか。

俺原案のファンタジーとか、ロリっ子とか、年上のお姉さまとか、美少年とか。

その手のモチーフ提案に乗り気じゃなかったのは、そういう理由なのか。

「わたしって、知ってるものの絵しか描けないから。だから基本、自分の絵しか描いてないよ」

「極端！　極端すぎるよアンタ！　ていうか背景とかは描けてるじゃん！　けっこう幻想的なやつを！　ああいうのは【知らない絵】なんじゃないの⁉」

「そのへんはいろいろ処理する方法あるし。便利な素材だったりブラシだったり」

「写真とか並べて描くのはダメなんすか⁉」

「なんか上手くいかないんだよね。ピンとこなくて」

「というか他の絵師さんを参考にしたりはするでしょ⁉　絵柄を模写してみたりとか！」

「そういうのも上手くいかない。ピンとこなくて」

うわあ！

この人、マジで一点突破型だ！

いやでも思い当たる節はけっこうある……イラスト歴たった一年でこれだけ上達したのも、そういうタイプならちょっと理解できる。ロリを描く時は『思い出す』とか言ってたし、『わたし○○じゃないから』みたいな言い回しもしてたし。

「もったいねえ！」

俺は思わず髪を掻きむしった。

「すげーもったいない！　これだけセンス持ってるのに！　こんなにイラストの幅が限ら

「えへ、ありがと。わたしセンスある？」

「いや今は褒めてるんじゃなくてね⁉　いやもうちょっとこう、ね、他のイラストも描いてみませんか⁉　ぶっちゃけ言いますけど俺、ここぴょんの色んなイラスト、もっと見てみたいから！　マジで！　いちファンとして！」

「んー。でもね、わたしが絵を描くのって基本、ただの趣味だから」

うむぬぬぬ。

それを言われてしまうと返す言葉がない。

瞬時にして俺は察したのだ。そういうやり方だからこそ一ノ瀬涼風の才能は伸びたし、ここまで描き続けてこれたんだと。

自分のやり方を変えたとたんに調子が狂ってしまう。そんな話、イラストに限らずどこにでも転がっている。

ここしばらく彼女のそばにいて（たったの二日だけど）、彼女という人間を間近で観察しているだけに、なるほどと思ってしまうのだ。無理強いしてもろくな結果が出ない。そのことは確信をもって言える。

「いやでももったいない……あまりにももったいない……」

ついつい悲嘆が口からもれる。

「ぜったいもっと先があるのに……これだけの才能があったら、この才能で作風が広がったら、もっと無限の可能性があるのに……」

「遠慮なくほめるんだね。ちょっと意外」

「そりゃほめるよ！　ガチでファンなんだから！　何度でも言うけどさ、これだけの才能がある人が趣味の範囲で収まってるって……ああもう！　んがあ！」

「んー。なんかごめんね？」

「俺としてはね、できればもっともっと才能を伸ばしてもらって、こんな才能があるってことを世の中にもっと知ってもらいたい……でもあんまり知られすぎるとそれはそれで複雑な気分になるファン心理もある……やべえ、もどかしい。なんだこれ。初めて味わうよこんな気持ち」

「あは、ありがと」

あくまでもナチュラルに微笑(ほほえ)む涼風。

そして彼女は続けて。

ちいさな声でこう付け足した。

「まあ、これから先は趣味じゃなくなるかもだけど」

「……え、なに？　どういうことっすかそれ？」

「ん。なんでもない」

「いやなんでもないことはないでしょ。そんな思わせぶりに言っといて。え、なんすか。気になるんですけど」

「なんでもないでーす。……じゃあわたし、イラストのつづきを描くね。なんかやる気出てきたから」

†

──一ノ瀬涼風のパーソナリティを彩る特徴のひとつ、と言っていいだろう。

切り替えがすごいのである。この女は。

外界と自分の世界をシャットダウンするとなったら、ガチで徹底するのである。

イラストの続きを描くと宣言したあとは、しゃべりかけても「あー」とか「んー」しか返さなくなったし、そもそも全身から発する『邪魔するのはダメ、だよ?』的なオーラがすごかったのである。

俺は思ったたね。

たぶんこれ、学校にいる時も似たようなことやってるな、って。

確かにコイツ、トップギャル様たちのグループに溶け込んではいるけれど。和気藹々(わきあいあい)とギャル同士で会話してるシーンって、あんまり見た覚えないもんな。

見た目の良さと、まったく物怖(ものお)じしない態度のせいで違和感がなかったけど……考えてみれば当然ではある。こういう天才型のタイプが、寸暇を惜しんでスマホいじりをする＝イラストを描いているとなれば、自分の世界に入り込むよな。パッと見の表情とか仕草に出ないから、遠巻きに観察するだけじゃわかりにくいだけで。

いわゆる過集中、ってやつか。

なんにもできないかわりに与えられた、神様からのギフト。

なるほどなー。

なんか納得だわ。

深掘りするとホントいろんなことが出てくるヤツだな……ひとりで家事をやったり、涼風の分まで明日の準備をしたりしながら、俺はそんなことを思うのだった。

……と、まさにそんなのんきなことを思っていたから。

気づくのがだいぶ遅れてしまったよな。俺が一ノ瀬涼風の、もう一歩踏み込んだ本当の姿を知ることになるのは、もう少し先になってからのことである。

この時に気づいていれば、もしかすると未来は変わったかもしれんな……いや、やっぱ無理か。

宝くじの当たりを引いた時点で、さ。

もうほとんどのルートは決まってしまっていたと。そんな気もする俺なのです。

第六話 ⊗ 本題はここからなんだわ

[love life with kamieshi GAL sister]

ちゅんちゅんちゅんちゅちゅん

スズメの鳴き声で目が覚めた。

勘違いなきよう言っておくが、俺は寝起きがいい方じゃない。

ふたり暮らししている父親が俺に輪を掛けて寝起きが悪いから、気合と根性と様々なテクニックでどうにか早起きしているだけだ。

顔を洗って、歯を磨いて、着替えを済ませて、朝ご飯の仕度をして——そういったルーチンをこなすための、消極的な選択肢。まあ自分で選んだ道だから、文句をつけるつもりもないんだけどな。どうせなら朝はちゃんとしたいし。

「ふあ……ああ……ん」

布団から上体を起こして、俺は伸びをする。

それにしてもすごい夢をみた。

すごくて、とても長い夢。

語彙力がアレですまんけど、とにかくすごい夢だった。

宝くじの当たりを引く夢だ。

どんな当たりくじかっていうと、学校の同じクラスにスーパー美少女ギャルが転校してきて、その子が俺のとなりの席になったり、俺の義理の妹になって同居したり、実は俺が推している神絵師だったりする夢だ。

いやすごい夢だった。

これでもか、ってくらいリビドーが詰め込まれた、遠慮呵責（かしゃく）のない夢だった。

いやすごかったね。

もう一生、あんな夢は見られないんじゃないだろうか。サービスシーンもたくさんあったしな。マンガとかアニメの企画なら100点満点だよ。いや逆に0点か。ご都合すぎて企画通らないもんな、あんな夢。

「ふぁ……むにゃ」

もういちど伸びをする。

さて現実と向き合うか。

分不相応な夢はここでおしまい。

退屈ばかりかといえば、決してそうでもない、そこまで悪くはない我が人生だ。生きていることそのものに感謝して、これからも真っ当に、慎（つつ）ましく、この俺・嵐山新太（あらしやましんた）でありつづけていこうではないか。

「むにゃあ……おはよ」

もぞもぞと布団が動いて、ひょこっ、と誰かが顔を出した。

俺の寝床から姿を現したのは、胸の大きいギャルだった。

というか一ノ瀬涼風だった。

というか俺、夢なんて見てなかったわ。

普通に現実だったわ。昨日までの俺の身の上に起きたこと。

そして今、目の前で、現在進行形で起きていること。

「……いやつーか！　どこで寝てんのアンタ⁉」

飛び上がりながら俺はツッコんだ。

涼風は寝ぼけまなこで答えた。

「んー……お布団で、寝てるよ」

「お布団は俺のスペースでしょ⁉　アナタの寝場所はベッドの上でしょ⁉」

「んー。そうだっけ？」

にへら、と笑う。

布団の上でぺたんこ座りしながら。いつものクール微笑とはちょっとちがう、あどけない女の子みたいな表情で。

不覚にもドキリとする。

表情のギャップもさることながらその胸元よ。

これたぶん、下着つけてないよな？

すっごいたゆんたゆん。ものすごくデカいのは前から知ってるけど、ノーブラのお胸をパジャマの薄布だけで覆っているという、その威力のすさまじさ。着衣がまったく意味をなしてないというか、なんなら着てないよりもエロいというか——

「……お兄ちゃん？　えっちなこと考えてる？」

「考えてねえ——とは言わんけど！　でも俺のせいじゃないからな⁉　情状酌量の余地はぜったいあるからな⁉」

「そーかなー？　ほんとうにー？」

「ていうか思い出した！　昨日の夜！　アンタがイラスト描くのに集中してぜんぜん寝ようとしなかったから！　仕方なく俺が先に寝たんだった！」

「んー。そうかもー」

「てことはそっちが俺の布団に入ってきたんだよね⁉」

「わたし、添い寝してもらった方がよく寝れるから」

「じゃあ確信犯じゃん！　明らかに意図的な行為じゃん！」

「んー。昨日の夜はすっごい眠たかったし、あんまり記憶ないかも」

「じゃあ俺ぜったい無罪じゃん！　なんなら被害者じゃん！　あのですね、いくら家族になったとはいえこういうのは良くないと——」

「あ、これ。できたよイラスト」

スマホの画面を差し出してきた。

「はうっ」

俺は思わず声をあげた。

いわゆる尊声というやつだ。いま俺が考えた言葉だが。

スマホの画面に映し出されていたもの。それは昨夜に涼風が描き始めたバニーちゃんイラストの、細部まで描き込まれた姿だった。

ここではないどこか、ＳＦでもありファンタジーでもある舞台。

涼風をモデルにしているというバニーちゃんが、こちらを見上げる姿の、その質感といい生々しさといい。あくまでも二次元絵の萌え系という主題は押さえながらも、雰囲気はとにかくエモくて、太ももと胸の谷間がエロくて、とにかく、ああもうとにかく。

「最高！」

俺は叫んだ。両手の親指を立てて。

「マジ最高だわ！　もはや尊さの暴力！　なんかあれっすよね、一段上のレベルになってませんかこのイラスト！　これって俺のリクエストで描いてくれたものなんすよね⁉」

「うん」

「嬉々(きき)とする！　嬉々としてます俺！　嬉(うれ)しすぎるのでちょっと踊る！」

「あは。お兄ちゃんって、意外とノリいいんだ」

「うおおおすげえ！　マジ最高！　すげえ！」

語彙力を放棄して盛り上がる俺だった。

いやでも、ホントすごいのよ。

これまでの心ぴょんぴょんさんもスゴかったけど、今回の絵はなんかまたちがうのよ。

俺はしょせん素人(しろうと)だし、テクニックのノウハウとか、構図を解説したりとか、評論やら分析やらを加えるとか、そういうことはできないけど。

でもわかる。

追っかけを自負してるんだから、そのくらいは確信できる。

これ、心ぴょんぴょん師の傑作だ。過去最高の。

断言するぜ。異論は認めるけど、とってもとってもすごいことに関しては全人類が同意してくれるにちがいない。

「キミってほめるの上手(うま)いね」

「いやいや！　正直な感想を言ってるだけなんですが！」

「そっかありがと。じゃあこの絵はTwitterにアップしちゃうね。まだ仕上げは残ってるけど」

「え、さらにまだ仕上げが⁉　すでにもう完璧に見えるけど！」

「もうちょっとやる。この絵は納得するまで仕上げたい」

「はあ、そうなんすか。そのへんはあれっすね、なんかレベル高い人にだけ見えてる世界なんすかね……」

「で、その仕上げた絵はキミにだけ見せるから」

「へっ？」

「描き上がった完全な絵は、お兄ちゃんにだけ見せる。Twitterにはアップしないし、他の誰にも見せない。だってこれは、キミから依頼された、キミのためだけのイラストだし。それが当然でしょ？」

キミにだけ。

つまり世界にただひとり、俺にだけ。

なんと甘美な響きか。

俺は深く胸を打たれた。

想像してみ？　推しからこんなこと言われたら、うっかり天に召されちゃうよ？

ほめるの上手いって、どの口で言うかなと。

イラストも神だけど、ノせるのも神かよと。

「……いや、ホント。ありがとうっす。うれしいっす俺」

「うむうむ。よきにはからえ」

「なんかセリフが急に時代劇に」

「というわけで、わらわは二度寝するぞよ。あとのことはまかせたぞよ。おやすみー」

「はいはいおやすみー……じゃないよ!?」

ノリツッコミする俺。

「学校だよ学校！　まだ平日だから！　早く起きて布団から出て！　学校の準備！」

「うーんねむたいなー。学校休もうかなー。イラストがんばったからなー」

「イラストがんばったのはホントえらいし、こんな素晴らしいイラストあげたのはホント拍手だけど！　でもサボりはあかん！」

「でもお。元はといえば、キミのリクエストのために夜ふかししたわけで」

「うぐっ！　そこは否定できん！」

「だからね、ここはお兄ちゃんが責任を取ってもいいと思うんだ」

「そして流れるように鮮やかな責任転嫁……いやでもほら、クリエイターってやつはさ、そういう自己管理ができてナンボですし」

「わたしにできると思う？」

「思わないっす」

「わたし悲しいな。お兄ちゃんのために寝る間を惜しんでイラスト描いて、その結果がこの仕打ちなんだ」

「そして強引な論点ズラし……学校行くかどうかって、俺の仕打ちとは関係ないことのはずだけど？」

「お兄ちゃんってそんな冷たい人だったんだ。しくしく」

「さらには泣き落としまで」

「そういう冷たい人のリクエストには、今後は応えるわけにはいかないかも？」

「ついでにサラッと脅しまで」

「準備、手伝ってくれるよね？」

　そして上目づかい。

　まるで親とはぐれ、雨に打たれてずぶ濡れになった迷い犬みたいにあわれを催す姿ではあるが。コイツはただの学校に行きたくないギャルである。

「はあ……まあいいや、わかったよ。わかりましたよ。手伝いますよ」

「わーいやったー」

「で？　何から手伝えばいい？」

教科書の準備とか、朝食の用意とか。

そんなのでよければドンとこい、ってなもんだが。

この〝なんにもできない〟義理の妹が、そんな要求で済ませてくれるはずもなく。

「じゃ、お着替えからお願いできる？」

……そのくらいならまだマシか。

なんて考えてしまう俺は、明らかに毒されちゃってるよなあ、と自覚せざるを得ないのだった。

†

さて、サービスシーンはいさぎよく割愛。

まあ詳細を語れる日もいつかは来るだろう。友人ＡＢには一生明かせないだろうけど（全力で保身に走る）、俺とてこんな生活に慣れる日は当面は来ない。一ノ瀬涼風というやつは、簡単に慣らせてくれるほどシンプルな刺激物じゃないんだから。

というか、慣れちゃったらある意味俺の人生は終わりである。

美少女で転校生で義妹ギャルなイラストレーター様に対して、何にも感じなくなるってことだからな。その空虚はいかばかりか。

ともあれ。

怒濤のごとき朝の準備を終えて、俺と涼風は無事、電車に乗った。

そしてラッキーなことに、今朝のラッシュアワーはいつもより比較的マシな方だった。

混んではいるが、ほどよきパーソナルスペースを取って、乗客たちは車両内に立ち並んでいる。それでいながら涼風の立ち位置は俺と妙に近いのだけど、身内同士であることを考えれば許容範囲か。

「…………」

「…………」

無言で並び立つ、俺と涼風。

無言の理由は、彼女がスマホに集中しているからである。

「〜〜〜♪」

絞った音量で鼻歌っぽいのを口ずさみながら、涼風はめまぐるしい勢いで指を動かしている。

なんか達人、って感じだ。

女子なんかにわりと多い気がするけど、スマホ操作時のフリック動作がとにかく速いんだよな。俺なんかじゃとても真似できん。

ちなみに涼風のスマホには、けっこう色が濃いめな保護シールが貼られていて、どんなイラストを描いているのか見ることができない。あけすけな性格の涼風からしてみれば、ちょっと意外な気遣いかも。

俺もスマホの電源を入れる。

そして俺がスマホでやることといえば基本、Twitterの神絵リサーチなのである。

真っ先に【心ぴょんぴょん】——涼風のアカウントを開く。

「おうっ……」

思わず小さな声を漏らしてしまった。

もちろんこれは、アカウントのホーム画面にアップされている、ここぴょんの最新作を目にしてしまったせいである。

最新作とはつまり、さっき見せてもらったばかりの新・バニーちゃんだ。

天にも昇れそうな素敵イラストだし、何度見ても表情がゆるんでしまうけど、初見の時ほどのインパクトはさすがにない。

俺が声をあげた理由は、ここぴょんフォロワーの反応にある。

『いいね』の数が多い。

それも、かなーり多い。

ほんのついさっきアップされたばかりのはずなのに、すでに数千の『いいね』だ。

ファンたる俺が断言する。これは過去に類を見ないハイペース。

雲上人クラスの神絵師になると、数十分で数万『いいね』なんてザラかもしれんが……

ここぴょんはまだ、世間的には〝駆け出しの神絵師候補〟。

そのポジションでこのペースはすごい。

最終的には数万、流れに乗ってしまえば十万超えのバズりも視野に入る勢いだ。

いやいやいやいや。

きてるね。きてますね。

わかってもらえますかねこの快感を？

『次にぜったい来る』と確信して推し始めた絵師が、読みどおりに世間の認知を得ていく過程の、ぞくぞくすること。

『どうですかこのワタクシの目利きは！』

と叫びたくなる気持ち。わかってもらえるだろうか？

たとえるなら、バトルマンガによくいる名伯楽キャラ。あれを存分に味わえるのである。

『やはりワシの見立てどおりじゃった……ヤツはとんでもない化け物に育ちおった！』

みたいな感じ。

しかもバズったイラストの本当の〝完成形〟は俺しか見ることができないというＶＩＰ

待遇までついてくる！

……つってもまあ、エライのはあくまでもここぴょんであって、俺は彼女の才能にタダ乗りしてるファンにすぎないけどな！　いやでもお世話してるし！　家族だし義理の妹だし！　特別な立場であることには変わりないと思うんだよな、うん！

「〜〜〜♪」

はい、これはつい漏れてしまった俺の鼻歌です。

キモいとか言わないでくれよ？

今後数十年にわたる俺の人生、たぶん今がピークなんだから。死刑囚だって最後の日にはカツ丼食わせてもらえるらしいし、ちょっと調子に乗るぐらいは許してほしいと思うわけです……

と。

その瞬間である。

電車の中、周囲にはバレないように浮き足だってる俺の視界に、テンション下がるモノが映り込んでしまったのだ。

それはバニーちゃんイラストにぶらさがった、とあるユーザーのコメント。

『ぺろぺろぺろぺろぺろぺろぺろぺろぺろぺろぺろぺろぺろ』

そのコメント群は本能むき出しの、見るに堪えない駄ワードから始まっていた。

『バニーちゃんマジぺろぺろ。ｐｒすぎて草はえる。むしろ大草原』

『ていうか心ぴょん様マジ神。前から思ってたけどこれでガチ決定。ホントの神絵師だわ。まちがいなく』

『やっべマジ絶頂。ほぼ射精。いやもうコレは出てるね事実上。ぴゅっぴゅと』

「……あああん？」

思わずドスの聞いた声が出た。

となりに立っていた乗客が眉をひそめる。俺はハッとなって素知らぬふりをする。

涼風は完全スルーでイラスト作業に集中。

俺はふたたびスマホに目をやる。

（あいつだ）

あの野郎だ。

ここぴょんのイラストに、いつも粘着質なコメントをつけているあいつ。

【大空(おおぞら)カケル】とかいう、俺にとって不倶戴天(ふぐたいてん)なキモいユーザー。

　あいつがとうとう一線を超えてきたんだ。

『おおオデ、決めたんだな』

『ぜったいオデの小説のイラストを、書いてもらうんだな』

『あかん興奮しすぎて指がすべってる自覚はある……とどけ、この感動！　ぐへへ』

『というわけで連絡先ください。正式に依頼します。てかＤＭ読んで……』

　おいおいおいおい。

　久々にキレちまったよ……屋上行こうぜ……ってやつだなこれ。

　この界隈じゃ珍しいことじゃないが……心ぴょんぴょん師に依頼だとう……？

　まあ神絵師なんだから当然だよな、とも思うし、古参ファンを自認する身としては鼻も高いんだけど。それよりも反発心の方がはるかに勝る。

　しかも俺、この【大空カケル】ってユーザーがマジで性に合わないんだ。

　自分のことを【オデ】とか呼ぶキャラ作りといい、【おおお】のあと冷静に【オデ】と変換する冷静さといい、文章に句読点はわりと真面目につけてるところといい、イカレキャラ路線を選びながら微妙にコントロールされてる感があるところとか。

　しかもコメントの履歴をたどってみるにコイツ、どうやら俺と同じ時期に心ぴょんぴょん師に目を付けたらしいんだよな。同好の趣味を持つ者同士、できればいがみ合いたくないものの、この件に関してだけは同担拒否の気持ちがわかる。

つーか【オデの小説のイラストを】だと？

いっちょまえに物書き気取りかこの野郎。一応これでも中学時代は文芸部にいた身としては、反発心を覚えずにはいられない。とっくに挫折して、ただのイラスト発掘オタクでしかない俺だが、やっぱこう、ね？　言いたくなるじゃないですか一応は。わかってこの気持ち。

「……へー。そんな人いるんだ」

がしかし、当の本人である涼風の反応は。

しごくあっさりしたものだった。

「いや『そんな人いるんだ』っつーか。アナタをフォローしてるファンがつけてるコメントの話なんですが。なんならＤＭの話とかしてますけど、この【大空カケル】さん」

「んー。そういうの基本覚えてないから」

電車を降りて、駅構内である。

「というか覚えてらんない。わたし忘れっぽくて」

「あー……んーなるほど。ちょっとわかる」

「コメント読んで、『うまい！』とか『かわいい！』とか言われてうれしくなって、ふふふ、ってなったら、もう次のイラストのこと考えちゃうんだよねー」

「じゃあキモいコメントとか、悪意のあるコメントとかさ。そういうのが来た時は？」

「一時間後には忘れてる」

なるほどなあ。

ある意味やっぱ神だな、一ノ瀬涼風ってやつは。

ＳＮＳ耐性ありすぎ。〝忘れる〟ってのは普通に最強の対処法だよな、こういう場合。

だからこそこんなに手の掛かる性質の人間ができあがるんだ、とも言えるが。

「まあわかった。そっちが気にしてないなら、俺も別に問題ない」

「うん。ありがとね」

「なんか親衛隊気取りしてるみたいで俺もイヤなんだけどさ。キモいファンとかいて、なんか困ることが起きたりしたら。そん時は遠慮なく言ってほしい」

「うん。その時はそうする」

「あと俺、だいじょうぶすかね？　俺自身がキモいファンだと思われてたとしたら、もう目も当てられないんすけど」

「あはは。もしそうだとしたら、わりと悪夢だよねー」

まったくだ。

そんなことになったら切腹ものだよ……とはいえ気づかないうちにやらかしてるのが、ファンってやつの怖いところで。細心の注意で気をつけたいところです。

推しから嫌われる、あるいは推しの負担になる。

どちらも悲劇以外の何物でもないんだから。

――と、そんな会話を交わしてから。

俺は涼風からそっと距離を置いた。

物理的な意味で、である。

俺と涼風の関係――親同士が再婚し、義理の兄妹になったことは、まだ周囲に知られたくはない。

当然の流れだよな？

だって根回しが何もできてないのである。

涼風との関係が劇的に変化して、まだ三日目。

俺自身でさえ、まだ自分がおかれている環境に適応できていないのだ。

たとえるなら、人気絶頂のアイドルがある日突然、どこの馬の骨とも知れないヤツとの同棲を発表するようなもの。

荒れるよ普通は。

なんなら刺されるよ、その馬の骨は。

一ノ瀬涼風にはそれだけの影響力があると思うんだ。少なくとも学校内においては。気分は芸能事務所のマネージャー。いずれバレるにしたって、細心の注意を払った後で、スマートな形を取らねば、と思うのだ。

考えすぎだろうか？

それとも気を遣いすぎ？

でも念には念を入れておくべきだ。

俺みたいな小心者は、ちゃんと小物っぽく立ち回るのだ。涼風は『わたしは気にしないけど』という立場だけど、それはあくまでも強者の論理だからね。

そして当の涼風はといえば、すでに俺のことは意識の外にあるようで。悪びれもせず歩きスマホをしながら、俺の十メートル先を歩いている。

俺が自然な形で誘導した、流れるような他人のフリ。我が道をゆく涼風と、気ぃつかいな俺のコラボがもたらした、消極的な生存戦略。

当たり前だけど、この駅は学園の最寄り駅。そろいの制服に身を包んだ生徒たちが、ぞろぞろと同じ方向に向かって歩く、要警戒区域だ。俺たちの関係を知られたくないのであれば、相応の対処は当然だよな。

いずれ富永と池沢あたりから、事情を打ち明けていくことになるだろうけど。タイミングは慎重に計っていく必要があるだろう。

いやしかし、それにしても——

（……危なっかしいなあ、あいつ！）

涼風の後ろを追いながら、俺はとてもハラハラしている。

だってあいつ、マジでずっとスマホ見てるんだもん。

スマホ見てるというか、たぶんイラスト描いてるんだ。歩きながら。

すっげえ器用だなと思う半面、車道にそれそうになったり、電信柱にぶつかりかけたり……見ていて気が気でない。

あいつ、いつもああなのか？

よく大きな事故もなくやってこれたな……できればなるべくそばにいて、不測の事態に備えたいところだ。万が一の際はヘルプしなきゃならん。

十メートルの距離は取りすぎかな？

五メートル、いや三メートルぐらいまでなら近づいても——

「おっはよー、オタクくんっ！」

どんっ！　と。

やたら明るい声と同時に、背中に衝撃。

誰かに背中を叩かれたんだ、と理解して反射的にうしろを振り返って、

「……っ⁉」

俺は反応に困った。

まったく予想していなかった人物がそこにいた。

「あははウケるー！　なにそんなキョドってんのー？」

ツインテールの黒髪にピンクのインナーカラー。

安城唯だ。

「あ、いや。あ。べつに」

「『べつに』じゃないっしょー？　めっちゃモゴってんじゃん。まじウケる」

「あ、いえ、はい。そっすね」

「対応が塩～。同じクラスじゃんウチら。まじぴえんだし、そんな態度取られると～」

「あ、はい。すんません」

俺は全力でキョドった。

いやキョドるでしょ普通は。

安城唯。ウチのクラスのギャル四天王で、一ノ瀬涼風に次ぐ人気株。

カーストの頂点にして、パッと見で明らかにわかる地雷系。

というか涼風が転校してくるまでは、ウチの学校じゃ安城唯こそが最強に可愛い、と目

されていたのだ。

もちろん過去に俺との接点はなし。一年の時は別のクラスだったし、所属してるヒエラルキーも別だったし、同じクラスになったところで今後も関わることはない、と思ってたのに。

それがなぜ？

「あはは！　オタクくんってすぐ顔に出るじゃん。ウケる」

すっ、と身体を寄せてくる安城唯。

歩きながら、上目遣いにこちらを見上げてくる。

その笑顔は天使のそれで、不覚にもドキリとしてしまう。

涼風とはちょっと毛色のちがう、だけど涼風と比べても遜色のない強オーラ。この笑顔で媚びられたらひとたまりもないよな。そりゃ先生方もコロリとやられてしまうよ。

まさに天性のアイドル、って感じ。

俺も一ノ瀬涼風に鍛えられてなければヤバかった。

というか、鍛えられていてすらグラリときた。安城唯、やっぱ可愛い。

「あ、すんません。なんか顔に出てたっすか……？」

「出てたしー。『え、なんで話しかけてくるの、怖っ！』みたいなのが」

「え、いやそこまでは思ってな――」

「だってウチら同クラじゃん？　仲良くしたいなー、って思うの普通じゃん？」

「あ、はい。そっすね。仲良くっすね、はい」

「オタクくん、なんか引いてる？」

「いえそんなことは」

「ゆいのこと、キライ？」

「いえいえいえまさか」

「えー？　もしかして、ゆいって避けられてる？」

「いやそんなことないですって！　ホントに！」

「あははじょーだん冗談！　オタクくん真顔になってんじゃん、ウケる！」

おそろしいな、と思う。

こんなしょうもないやり取りなのに、安城唯が主導するとすごい破壊力なのだ。

言葉の端々に、一挙手一投足に、えぐいほどの媚びがある。

しかもその媚びから目が離せない。わかっていても吸い寄せられる、笑みがこぼれる。

自分のことを可愛いと自覚してる女って、ずるいよな。一般女子がこんなやり取りしても痛いだけだからな。

四天王の中でいちばん背も低くて身体も細く、だけど押しの強さと声のデカさと見た目の暴力で君臨する、プチ専制君主。

サイズ感的に、あるいはファッションセンス的にちょっと好き嫌いは分かれるかもしれないけど、小悪魔的な魅力はナンバーワン。一ノ瀬涼風が転校してこなければ、文句なしのトップギャル様だったろう。

「ところでオタクくんってさあ」

安城が話題を変えてきた。

「最近あれだよね。一ノ瀬といい雰囲気っしょ？」

――来たか。

ある程度は予想していた流れ。

思い出すのは昨日の出来事。教室で食らった、安城唯からの強い視線。

俺は気を引きしめる。当然に警戒すべき展開だし、ギャルチームのボスである安城から探りを入れられるのも自然なこと。うまく対処しないと。

「え、いや、別に。そんなことないけど」

「えー？　でもさー、なんかいい雰囲気じゃーん？」

「いい雰囲気って、どのへんが？」

「一ノ瀬が教科書わすれた時に、教科書みせてあげてるとかー」

「それは俺がとなりの席だから。普通だと思うけど」

「席をくっつけてる時も、なんか距離近くね？　それも普通？」

「それは……一ノ瀬さんが、そういう人らしいんで」

安城唯。

なんというかこの人、ボスなのである。

それも女子の群れにおけるボスなのだ。

女子の群れにおけるボスは、群れの男女関係にやたらと敏感なのがお約束。

敏感で、察しが良くて、猟犬のように恋愛事情を追いかけようとする——事情が明るみに出たところで何をどうするでもなくたって、とにかく暴いておかないと気が済まない。

そういう女子の心当たり、みなさんにはないだろうか？

俺はある。何人もある。

そして安城唯は、そういうタイプの中でもかなり強度が高い方である。プチ専制君主だと評する理由は、これだけでもわかってもらえると思う。

「ていうかよくわからんのよ、ホントに」

俺は言葉をつなげる。

なるべく声のトーンを変えずに、だ。

「一ノ瀬さんって転校してきたばかりだし、同じクラスになってまだ一ヶ月も経ってないし。まだ何もわからん、っていうのが本当のところ」

小芝居をするのも、かといって淡々としすぎるのも、どちらも余計な詮索をされそうな気がする。

小物なりの処世術。

トップギャル様が、こんなタイミングで俺に話しかけてくるなんて、どうみても最大限の警戒を払うべきシチュエーション。俺の言葉をどう解釈するかは、ヒエラルキー上位者の一存で決まってしまうんだから。

「教科書忘れてきたら普通に見せるし、見せるためなら席はくっつけるし。むしろそうしない方が不自然っていうか——いや、そもそもそれ以外に取るべき行動が思いつかないっていうか」

「ふーん？」

「いやていうかむしろさ、くわしいのは安城さんの方じゃないの？　一ノ瀬さんのことについてはさ。俺なんて同じクラスの隣の席だ、ってだけだし。〝いい雰囲気〟なのかどうかってのは、安城さんの方から一ノ瀬さんに聞いた方が早いんじゃないかと思いますよー、っていうか。いやまあ知らんけど」

「へーえ？」

ひたすら相づちを打ってくる安城唯。

『情報を提供するのはオマエであって、ゆいじゃないから』

そんな声にならぬ声が聞こえてきそうな——ニコニコ笑って話を聞いているだけのはず

なのに、尋問っぽい雰囲気がハンパないっていうか。

　これだからイヤなんだよな、天性の上位者ってやつは。

『はい』と『イエス』でしか答えを返せないこの空気よ。

　専制君主っていうか暴君ですわ。

　俺みたいなオタクくんは、このへんでもうギブアップです。

「ええと、まあ。そんな感じなんですが。もうあんまりしゃべることないんですが。むしろしゃべりすぎっすかね？　黙った方がいいっすか？」

　視線で機嫌をうかがう。

　頭ひとつ小さい位置から見上げてくる微笑みは、感心してしまうほどの極上。

「けっこーしゃべれるんだ？」

「えっ？」

「オタクくんって、こうやって話すの初めてだけど。けっこーしゃべれるじゃん。なんかちょっとカッコイイかも？」

　……わーお。

　なんだこれ。めちゃくちゃ可愛いぞ、安城唯。

　涼風に接して耐性がついてなかったら以下略。『オタクにやさしいギャルって実在したんだ！』みたいな感じで、このプチ専制君主の信者になってたかもしれん。

そのくらい安城の目線は、小首をかしげる仕草は、しっかりお化粧した二重の小顔は、破壊力が高かったのだ。

支配者って、こういうもんなんだな。

万年日陰者の俺にとっちゃ、車のガラス窓についた霜を溶かす朝陽みたいなもんだ。抗えませんよこんなの。

「これからよろしくね、嵐山くんっ」

「えっ？」

「だって当然っしょー？　一ノ瀬と仲良いんだから。これからはゆいと君もたくさんお話することになるかも？」

「あ、うん。そうかな？　そうかも？」

「一ノ瀬のこと、いろいろ聞かせてね。ゆい、キョーミあるからさ、あの子のこと」

「えっ？　いやでも、俺なんて一ノ瀬さんの隣の席ってだけで、ぜんぜんくわしくないっていうか。さっきも言ったけど、いつも一緒にいる安城さんの方がくわしいと思うっていうか」

「えー？　ゆいの方がくわしいの？」

「そりゃそうでしょ。安城さんと一ノ瀬さんって、いつも同じグループだし」

「でもオタクくんってさー」

笑顔で安城唯は言った。

これまでと変わらないテンションで、さらりと。

「一ノ瀬と同じ家に住んでるよね？」

「へっ？」

思わずその場で足を止めた。

と同時に『どんっ』と安城が身体をぶつけてきた。『止まんなよ歩け』と命じられたことに気づいて、俺はあわてて歩行を再開する。

「ゆいってさー。嘘(うそ)つかれるの大嫌いなんだよね。マジで」

安城がつづける。

やはりこれまでと変わらないテンションで、周囲が誰も気に留めない程度の自然さを保って。

「それとさ、ゆいの知らないところで、ゆいの知らないことが起きてるのも、マジむかつく。あとオマエさー、いつも一ノ瀬のことチラチラ見てんだろが。気づかないとでも思ってんの？」

「えっ。ええと。その」

「スマホよこせ」

「えっ？」

「スマホだよオタク。おまえのスマホ。こっちよこせ」

言われるままに渡した。

LINEの連絡先を勝手に交換されてから、スマホが返ってきた。

「おまえ、今日からゆいのドレイな」

「え」

「このこと一ノ瀬には言うなよ？　言ったら殺すから」

「え」

「じゃ、まったねー！」

語尾にハートマークがつきそうな勢いで、愛想よく手を振りながら。

『おっはよー、オタクくんっ！』

と背中を叩いてきた時と同じテンションでニコニコ笑いながら。

安城唯は歩く足を速めて、俺から離れていく。

ピンクと黒のツインテールを揺らすその後ろ姿はまるで、地を這う蟻を一匹ずつ指で潰す遊戯に満足して家路につく、無邪気な子供のように見えた。

†

——さて。

この物語は、いったんここでひと区切りである。

安心してほしい。

この俺、嵐山新太が物理的な意味で殺害されることはないし、ここからシリアスになったり鬱展開になったりもしない。そんなストーリーは、他ならぬ俺自身が御免こうむるからな。

その代わりと言ってはなんだけど、ここでいくつかネタばらしをさせてもらおう。

この物語における未来のハナシだ。俺が引き当てた宝くじが、一体どんな風に化けていくかを示唆する、まあまあ重要なやつ。

とはいえ大丈夫。

この先の展開にとって、問題のない範囲でのネタバレしかやらないので。

もちろん、ネタバレを苦手とする人たちが少なからずいることも承知している。

なので、ここで少し間を置きます。

ネタバレに興味がない人は、しばらく読み飛ばしてください。

……。

…………。

…………………。

………………。

…………。

……。

というわけでネタバレ。

ひとつめ。
大空カケルの中身は、俺が中学時代に所属していた文芸部の女子部員です。

ふたつめ。
安城唯は、某ゲーム会社の社長令嬢で、クリエイターの卵です。

みっつめ。
一ノ瀬涼風は、この時点で既にいくつかの企業案件を受けています。

なおかつ、それらの〆切りをすべてぶっちしています。

以上。ネタバレでした。

涼風の件についてだけ一応フォローしておくけど。これに関しては涼風が一方的に悪いわけでもない。ひいき目抜きにしても〝お互い様〟ってところだ、俺ジャッジでは。

というか今気づいたけど。これはネタバレっていうか次回予告か。

まあいいや。

あらゆる手段を尽くして〝引き〟を作るのは、作家の大事な技能だと思うし。

最後にもうひとつ。

これは【宝くじの当たりを引く物語】だ。

そして俺は、この物語における宝くじの当たりが何であるか一度も言っていない。

加えて俺は、宝くじの当たりがひとつだけだなんて一度も言っていない。

俺にとって本当の意味での宝くじの当たりは、果たして何なのか。

その話はまた、次の機会に。

幕間（まくあい）その一

タイトル　ひみつのメモ
作成日　〇〇年4月20日

わたしこと一ノ瀬涼風（いちのせすずか）の備忘録として、このメモを記す。


わたしにはひみつがある。

大したひみつではない。

たとえば世界をゆるがすようなひみつとか、神様でも想像のつかないようなひみつとか。

そういうものでは、ぜんぜんない。

それに、誰かが不幸になるような、誰かを不幸にするようなひみつでも、まったくない。

だからつまり、出し惜しみするほどのひみつでは、あんまりない。

でもわたしは、一ノ瀬涼風のひみつを、ひみつにしておく。

お母さんも言っていた。

『女は謎が多い方がいいのよ』って。

わたしはいい子なので、お母さんの教えは守ろうと思う。

というわけで、わたしがたくさん持っているひみつは、基本的にはひみつのままだ。

もちろんお兄ちゃんにもひみつ。

『妻は謎が多い方がいいのよ』

これもお母さんの言葉。

まあお母さんって、最初の結婚はものすごく失敗してるんだけど。わたしはいい子なので、そういうことには目をつむるのだ。


でも少しだけひみつを明かしておこう。

ひみつだから当たり前なんだけど、これは誰にも言ってないひみつ。知ってるのはお母さんぐらい。あとはとても古い友達とか。

お兄ちゃんは気づいてるかな？

たぶん気づいてないと思う。何かヘンだなとは思ってるかもしれないけど、うーんたぶん気づいてないかな。わりと気づかれないようにはしてるつもりだし。

というわけで、わたしのひみつをここで明かす。

実はわたし、とても鼻がいいのだ。

つまり、においがわかる。

ものすごくいろんなにおいが、区別できる。

食べ物のにおいとか、お花のにおいとか、そういうのじゃなくて。

言うならば、ヒトのにおいが。

その人が、いいヒトなのかわるいヒトなのか、変なヒトなのか普通のヒトなのか。そういうのが、なんとなくわかるのだ。

におい、というか、直感、と呼ぶ方が近いだろうか。

それでたぶん、察しのいい人は『ああなるほど』と思ってもらえると思う。

たぶんお兄ちゃんも。『んああ!』みたいな感じで、反応してくれるんじゃないかな。

なぜならわたしは、お兄ちゃんとの距離がとても近かったはずなのだ。

教室で教科書を見せてもらってる時も、リビングで夕食をいただいてる時も、それ以外の時もいろいろ。

お兄ちゃんは戸惑っていたけど、そういう理由があるのである。

わたしはこっそり、彼のにおいをかいでいたのだ。

こう書くとちょっと変態みたいだけど、でも仕方ないのである。

彼からは、これまで経験したことのないにおいがしたから。確かめるのに、どうしても時間が掛かってしまったのである。
それで？
彼のにおいとは、一体どんなにおいだったのか？
そこはひみつにしておこう。
といっても、このひみつはすぐにバレてしまうかもしれない。
だって、嫌なにおいだったら、こんなにしつこく確かめるわけがないんだから。

……ちょっと照れてきたので、においのひみつの話はここまで。
最後にもう少し。
別のひみつについて、ヒントを出しておく。

ひとつめ。わたしがどうしてこんなメモを残しているのか。
ふたつめ。このメモの文章があまりわたしらしくないのはどうしてなのか。

そしてみっつめ。
『あんたホントに何もできねえな⁉』
お兄ちゃんから何度も言われた。

まったくもってそのとおり。わたしはなーんにもできない。

でも、わたしにはひとつだけ、ぜったいこれだけはできると、謎の自信を持っていることがある。

そしてそれは、イラストを描くことでは、ぜんぜんない。

ひみつだらけで申し訳ない。

でも『女は謎が多い方がいいのよ』だそうなので。

答え合わせは、またいつか。

あとがき

統計を取ったことはない。

だが確信している仮説がひとつある。

それは、

『ライトノベル作家の多くは、あとがきを書くのが嫌い』

ということである。

考えてもみるといい。我々にとってあとがきは敵。作品の余韻に茶々を入れてまで、なにゆえあとがきなどで自らの主張を述べねばならぬのか。

立つ鳥跡を濁さず、ということわざがある。

意味は読んで字のごとく。〝立ち去る者は、見苦しくないようきれいに後始末をしていくべきである〟。まったくもって仰(おつしや)るとおり。人たるもの、作家たるもの、この言葉にふさわしく振る舞うべく、常に最善を尽くすべきであろう。

あとがきはこの美しいことわざの真逆をいく。繰り返すが、作品には余韻というものがある。あとがきは余韻を台無しにしうる。しかもライトノベルは基本、あとがきの掲載が慣例ときている。

スニーカー文庫という歴史あるレーベルで作品を上梓するのは、作者にとって初めての経験になるが。このレーベルにおいても慣例は変わらない。ついでに言うと『あとがきは四ページください』という指定も頂いた。あとがきを四ページも！　作者の心情としては蛮行を受けているに等しい枚数だ。謹んで書かせて頂きます。

†

話は変わって、蛮行といえば本作である。

この【なーんにもできないギャルが唯一できるコト】という小説、実はとある編集者と交わした、ちょっとした会話が発端となって生まれている。

以下、脚色しつつその顛末を記す。

『大輔さーん大輔さーん！』

『はいはい何でしょうか担当さん』

『僕、ちょっと面白い小説のアイデアを思いついたんですよ！』
『へえどんな？』
『【なんにもできないギャルが唯一できるコト】っていうタイトルなんですけどぉ』
『いいタイトルじゃないですか。それで？』
『いや。それしか決まってないっす』
『登場人物は？』
『決まってないっす』
『どんな話なんですか？』
『決まってないっす』
『そもそもどんなジャンルなんでしたっけ？』
『決まってないっす』
『なーんにも決まってないじゃないですか』
『あはは すいません。……ところで大輔さん、この小説書いてみませんか？』
『面白そうですね。書きましょう』
……まあまあの蛮行である。
この小説はタイトルしか存在しないところから始まった。しかもそのタイトルは作者が思いついたものですらない。

たとえるならそれは、たまたま発掘した骨の化石の欠片から、その本体を復元する作業のようなもの。骨格を想像し、生態を想像し、筋肉を、内臓を、丹念に形作っていく地道な作業。

その結果が本作である。

果たして最初に拾った化石の欠片は、誰にも見向きされない小動物のものであったのか。それとも太古に地上を闊歩した大恐竜のものであったのか。

結果は是非、読者諸氏の目で確かめて頂きたい。

作者からひとつだけ言えるのは、優秀な編集者は見込みの薄いアイデアを作家に持ち込まない、ということである。

某月吉日　鈴木大輔

なーんにもできないギャルが唯一できるコト

著　鈴木大輔

角川スニーカー文庫　23645

2023年５月１日　初版発行

発行者　山下直久

発　行　株式会社KADOKAWA
〒102-8177 東京都千代田区富士見2-13-3
電話　0570-002-301（ナビダイヤル）

印刷所　株式会社暁印刷
製本所　本間製本株式会社

●お問い合わせ
https://www.kadokawa.co.jp/（「お問い合わせ」へお進みください）
※内容によっては、お答えできない場合があります。
※サポートは日本国内のみとさせていただきます。
※Japanese text only

Printed in Japan　ISBN 978-4-04-113647-8　C0193

★ご意見、ご感想をお送りください★

〒102-8177 東京都千代田区富士見 2-13-3
株式会社KADOKAWA　角川スニーカー文庫編集部気付
「鈴木大輔」先生
「ゆがー」先生

［スニーカー文庫公式サイト］ザ・スニーカーWEB　https://sneakerbunko.jp/

角川文庫発刊に際して

角川源義

第二次世界大戦の敗北は、軍事力の敗北であった以上に、私たちの若い文化力の敗退であった。私たちの文化が戦争に対して如何に無力であり、単なるあだ花に過ぎなかったかを、私たちは身を以て体験し痛感した。西洋近代文化の摂取にとって、明治以後八十年の歳月は決して短かすぎたとは言えない。にもかかわらず、近代文化の伝統を確立し、自由な批判と柔軟な良識に富む文化層として自らを形成することに私たちは失敗して来た。そしてこれは、各層への文化の普及滲透を任務とする出版人の責任でもあった。

一九四五年以来、私たちは再び振出しに戻り、第一歩から踏み出すことを余儀なくされた。これは大きな不幸ではあるが、反面、これまでの混沌・未熟・歪曲の中にあった我が国の文化に秩序と確たる基礎を齎らすためには絶好の機会でもある。角川書店は、このような祖国の文化的危機にあたり、微力をも顧みず再建の礎石たるべき抱負と決意とをもって出発したが、ここに創立以来の念願を果すべく角川文庫を発刊する。これまで刊行されたあらゆる全集叢書文庫類の長所と短所とを検討し、古今東西の不朽の典籍を、良心的編集のもとに、廉価に、そして書架にふさわしい美本として、多くのひとびとに提供しようとする。しかし私たちは徒らに百科全書的な知識のジレッタントを作ることを目的とせず、あくまで祖国の文化に秩序と再建への道を示し、この文庫を角川書店の栄ある事業として、今後永久に継続発展せしめ、学芸と教養との殿堂として大成せんことを期したい。多くの読書子の愛情ある忠言と支持とによって、この希望と抱負とを完遂せしめられんことを願う。

一九四九年五月三日

義理の妹と結婚します
imouto ha GAL de OJOU SAMA
2023/5/25
Vol.2
on sale
author. 鈴木大輔
illust. 遺伝子ひな
こちらも義妹ギャル!? だけど、
涼風とトーコは全く違って……?
もちろん２人とも可愛さMAX100%!
詳しくはこちら！